PALÆOGRAPHIE

DES

CLASSIQUES LATINS

D'APRÈS LES PLUS BEAUX MANUSCRITS

DE LA BIBLIOTHÈQUE ROYALE DE PARIS

RECUEIL DE FAC-SIMILE

FIDÈLEMENT EXÉCUTÉS SUR LES ORIGINAUX

ET ACCOMPAGNÉS DE NOTICES HISTORIQUES ET DESCRIPTIVES

PAR

M. A. CHAMPOLLION

SECOND EMPLOYÉ AU DÉPARTEMENT DES MANUSCRITS DE LA BIBLIOTHÈQUE ROYALE

AVEC UNE INTRODUCTION

PAR

M. CHAMPOLLION-FIGEAC.

PROSPECTUS — SPÉCIMEN.

ERNEST PANCKOUCKE, ÉDITEUR,

RUE DES POITEVINS, N° 14,

Et chez tous les principaux libraires et marchands d'estampes

De la France et de l'Étranger.

1836.

PALÆOGRAPHIE

DES

CLASSIQUES LATINS

D'APRÈS LES PLUS BEAUX MANUSCRITS

DE LA BIBLIOTHÈQUE ROYALE DE PARIS.

Rien n'est moins répandu parmi les gens du monde et même parmi les littérateurs, que des Notices exactes et complètes sur les sources antiques d'où l'on a tiré les ouvrages des écrivains les plus illustres de la littérature romaine. On ignore généralement l'âge des plus anciens textes manuscrits de chaque auteur, comment et à quelle époque ces textes ont été restitués à la civilisation moderne, en quel état de conservation ils ont été découverts, s'ils sont entiers ou mutilés, si l'on a connu le nom de l'auteur avant de connaître ses écrits; enfin, s'ils n'ont pas cessé d'être étudiés et cités par les écrivains du moyen âge, ou si, considérés long-temps comme perdus, un heureux hasard les a fait ensuite retrouver dans la solitude religieuse des cloîtres, ou parmi les précieux débris des anciennes bibliothèques de l'Orient et de l'Occident.

On n'est pas plus instruit sur les écritures des âges divers auxquels ces textes latins appartiennent, sur la forme des livres et des lettres, le style et la variété des ornemens qui les accompagnent, les sujets figurés qui les ornent; enfin, sur les variétés d'orthographe qui s'offrent à l'investigation de la critique littéraire dans différens manuscrits contenant les ouvrages du même écrivain.

Le Recueil annoncé par ce prospectus a pour objet de satisfaire sur tous ces points les personnes instruites que ces curieuses matières peuvent intéresser. Chaque *planche* reproduira une page d'un des Classiques latins, d'après le plus beau manuscrit connu parmi ceux de la Bibliothèque Royale, et la *Notice* historique et descriptive contiendra, avec un court précis de la vie de l'écrivain latin, l'indication des principaux manuscrits qui en restent, celle de l'époque et du lieu où ils ont été découverts; enfin, le nom des établissemens publics, soit nationaux, soit étrangers, où ces manuscrits subsistent aujourd'hui.

Le sujet des planches de notre Recueil, leur nombre et l'ordre dans lequel elles seront rangées, leur donneront un degré d'intérêt tout particulier, en ce que, faites d'après des manuscrits de divers temps, depuis le IVe siècle jusqu'au XVIe, ces planches présenteront l'état successif de notre écriture, avec ses variations les plus sensibles dans les dix siècles antérieurs à la renaissance des arts, et elles formeront une série de matériaux authentiques pour l'histoire de la littérature romaine dans l'Europe latine. Un Sommaire général, relatif aux monumens primitifs de cette écriture encore subsistans, servira d'*Introduction* à ces Notices, et complètera convenablement un recueil de faits certains, puisés aux meilleures sources, d'un intérêt incontestable, qui se rattachent entièrement aux études habituelles de l'homme de lettres et de l'homme du monde. Cet ouvrage ne peut manquer d'obtenir le suffrage des savans, et celui des curieux et des amateurs des arts du moyen âge.

XIIIe SIÈCLE

— MANUSCRIT, n° 7739, Bibl. roy. Paris. —

LECTURE DU MANUSCRIT.

CICERO, *de Inventione*.

FINIS, PERSUADERE DICTIONE. INTER OFFICIUM autem et finem hoc interest, quod in officio, quid fieri; in fine, quid officio conveniat, consideratur : ut medici officium dicimus esse, curare ad sanandum apposite; finem, sanare curatione. Item oratoris quid officium, et quid finem esse dicamus, intelligamus, quum id, quod facere debet, officium, esse dicimus; illud, cujus causa facere debet, finem appellabimus.

MATERIAM ARTIS EAM DICIMUS, IN QUA OMNIS ARS, et ea facultas, quæ conficitur ex arte, versatur. Ut si medicinæ materiam dicamus morbos, ac vulnera, quod in his omnis medicina versatur : item, quibus in rebus versatur ars, et facultas oratoria, eas res materiam artis rhetoricæ nominamus. Has autem res, alii plures, existimaverunt, alii.....

TRADUCTION.

La fin qu'il se propose est d'arriver à la persuasion par la parole. La différence du devoir et de la fin, c'est que le devoir se rapporte à ce qu'il faut faire pour atteindre le but, et que la fin exprime le but même qu'on veut atteindre. Nous disons que le devoir du médecin est d'administrer les remèdes qu'il faut pour guérir, et que la guérison est la fin qu'il se propose; ainsi l'on doit me comprendre, quand, pour expliquer ce que j'entends par le devoir et la fin de l'orateur, je dis que le devoir indique ce qu'il doit faire pour arriver au but qui est la fin.

J'appelle matière de l'art, ce qui tient au domaine général de l'art, et aux applications qu'on en peut faire. Comme on dit que les maladies et les blessures sont la matière de la médecine, parce que la médecine roule tout entière sur ces deux objets; ainsi, tout ce qui se rapporte à l'art et au talent de l'orateur forme la matière de la rhétorique. Tous les auteurs ne s'accordent pas sur les limites qu'il faut donner à son domaine......

(Traduction de MM. Charpentier et Greslou, *Bibliothèque Latine-Française*, édition C. L. F. Panckoucke, ŒUVRES DE CICÉRON, t. II, p. 15.)

INIS PSV
ADREDIC
TIONE
INTER OFFI
cium & finē h ē · q̄ in officio q̄ fieri · ī fine q̄
officio conueniat ɔsidat̄ · ut medici officiū dicam⁹
ēē curare ad sanādū apposite · finē sanare cu
ratione · Itē q̄ oratoris officiū ⁊ q̄ finē ēē dicam⁹ intelli
gimꝰ · c̄ id q̄ facē dēb; officiū id ēē dimꝰ · illd̄ c̄ cā facē dēb;
finē appellam⁹ ·

MATERIA
ARTIS
EAM DIC

IMVS IN QVA OMNIS ARS
ET FACVLTAS QVE CONFICITVR EX ARTE VER
satur · Ut si materiam medicine dicim⁹ morbos ac uulne
ra · quod in his omnibus medicina uersat̄ · Itē quibus
in rebus uersatur ⁊ facultas oratoria · eas res
materiam artis Rethorice nominamus
Has autē res alii ū plures existimauerunt · alii

PALÉOGRAPHIE

DES

CLASSIQUES LATINS

D'APRÈS LES PLUS BEAUX MANUSCRITS

DE LA BIBLIOTHÈQUE ROYALE DE PARIS

RECUEIL DE FAC-SIMILE

FIDÈLEMENT EXÉCUTÉS SUR LES ORIGINAUX

ET ACCOMPAGNÉS DE NOTICES HISTORIQUES ET DESCRIPTIVES

PAR

M. A. CHAMPOLLION

SECOND EMPLOYÉ AU DÉPARTEMENT DES MANUSCRITS DE LA BIBLIOTHÈQUE ROYALE

AVEC UNE INTRODUCTION

PAR

M. CHAMPOLLION-FIGEAC.

Ire *LIVRAISON.*

ERNEST PANCKOUCKE, ÉDITEUR,

RUE DES POITEVINS, N° 14,

Et chez tous les principaux libraires et marchands d'estampes
De la France et de l'Étranger.

1837.

PALÉOGRAPHIE

DES

CLASSIQUES LATINS

D'APRÈS LES PLUS BEAUX MANUSCRITS

DE LA BIBLIOTHÈQUE ROYALE DE PARIS.

PARIS. — IMPRIMERIE DE C. L. F. PANCKOUCKE,
Rue des Poitevins, n° 14.

PALÉOGRAPHIE

DES

CLASSIQUES LATINS

D'APRÈS LES PLUS BEAUX MANUSCRITS

DE LA BIBLIOTHÈQUE ROYALE DE PARIS

RECUEIL DE FAC-SIMILE

FIDÈLEMENT EXÉCUTÉS SUR LES ORIGINAUX

ET ACCOMPAGNÉS DE NOTICES HISTORIQUES ET DESCRIPTIVES

PAR M. A. CHAMPOLLION

SECOND EMPLOYÉ AU DÉPARTEMENT DES MANUSCRITS DE LA BIBLIOTHÈQUE ROYALE

AVEC UNE INTRODUCTION

PAR

M. CHAMPOLLION-FIGEAC.

PARIS

ERNEST PANCKOUCKE, ÉDITEUR

RUE DES POITEVINS, N. 14

Et chez tous les principaux Libraires de la France
et de l'Étranger.

1837.

PALÉOGRAPHIE

DES

CLASSIQUES LATINS

D'APRÈS LES PLUS BEAUX MANUSCRITS

DE LA BIBLIOTHÈQUE ROYALE DE PARIS.

INTRODUCTION.

Il y a dans l'histoire de toute littérature deux faits essentiels qui sont à considérer avant tout autre; savoir, l'origine et la constitution de la langue, l'origine et la théorie systématique des signes au moyen desquels elle est écrite. A l'égard des langues, les modes de recherche sont les mêmes pour toutes; il n'y a qu'à reconnaître l'ordre de composition et d'arrangement des mots, après avoir exposé la loi de leur formation, ce qui comprend l'étymologie, la grammaire et la syntaxe. Pour l'écriture, au contraire, ces moyens sont variés comme les espèces diverses des signes successivement inventés par l'industrie humaine, et il tombe sous les sens que la théorie d'une écriture idéographique, ou figurative, ne peut avoir les mêmes fondemens que celle de l'écriture phonétique, c'est-à-dire alphabétique. Pour l'objet de notre recueil, nous n'aurons à nous occuper que de l'alphabet de la langue latine : l'Europe n'écrivit pas assez tôt pour avoir une écriture à inventer; l'Asie avait fait pour elle les pénibles épreuves de la civilisation progressive; l'Europe adopta donc un système alphabétique qui, depuis bien des siècles avant ses premiers essais littéraires, était d'un usage général dans les contrées d'où il lui fut transmis.

Il en fut de même à l'égard des idiomes qui se partagèrent la possession de cette vaste partie de l'ancien monde; les peuples qui les parlèrent les premiers ne songèrent pas à s'enquérir de leur origine : l'examen critique des faits ne peut être, pour une nation, que l'occupation de l'âge mur. La critique philologique, dans son enfance, et long-temps encore après, parce qu'elle n'était pas assez instruite, considéra tous les idiomes de l'Europe comme réciproquement étrangers les uns aux autres : on osa cependant, par des conjectures alors hardies, signaler quelques affinités entre eux. A la faveur de ces rapprochemens, plus ou moins exacts ou spécieux, on s'avança même jusqu'à classer ces idiomes par familles; enfin, au grand étonnement du monde des doctes, on exhuma des antiques livres sacrés de l'Inde une langue dont l'accord singulier, dans tous les points importans, avec ces mêmes idiomes de l'Europe, ouvrit une voie nouvelle à l'histoire des institutions humaines, et nous révéla des origines dont l'authenticité ne fut pas long-temps contestée. Des hommes habiles dans l'art de l'investigation et de l'appréciation des élémens les plus délicats de la certitude historique, s'attachèrent à l'étude de ce phénomène littéraire, et il fut reconnu par l'unanimité de leurs opinions que le *sanskrit,* qui est la langue indienne la plus ancienne, a des rapports nombreux, intimes et certains avec les idiomes de l'Europe; que sa grammaire explique les flexions de leurs mots, et que son vocabulaire reproduit leurs racines : origines vénérables, quoique l'histoire écrite ne nous les explique pas; qui toutefois ne laissent plus rien au hasard dans la détermination de nos formes orales, et qui nous montrent dans la descendance de nos idiomes, dans leur filiation mutuelle, dans leur état perfectionné, leur source commune déjà perfectionnée elle-même environ quinze siècles avant notre ère, et dont une autre série de siècles avait marqué sans doute les phases diverses depuis ses propres origines jusqu'à cette perfection qui fut son état secondaire.

C'est donc à cette antique langue sacrée des brahmes, source commune de tous les idiomes du vaste empire de l'Inde, qu'on a heureusement rattaché l'origine des langues primitives de l'Europe, que le poids du temps n'épargna pas, soumises comme elles le furent à des variations qui ont déterminé leurs fortunes diverses, et ont assigné leur place dans l'arbre généalogique de la famille thrace, germanique ou slave, à laquelle chacune d'elles appartenait.

Les Pélasges, industrieux aventuriers sur terre et sur mer, et dont on a reconnu les vestiges en Thessalie, en Épire, sur le continent et dans les îles de la Grèce, sur les côtes de l'Asie Mineure et sur celles d'Italie, transportèrent dans toutes ces régions les germes thraces des idiomes qui leur furent particuliers, et d'où sont sortis le grec pour la population hellénique, l'étrusque pour les Rhasiens, l'osque pour les Ausoniens et toutes les peuplades latines; hommes de même race dont le rapprochement et la fusion ont produit pour l'Italie le *latin,* que Rome avait la secrète mission de donner au monde entier en indemnité de ses brutales conquêtes.

Ainsi se dévoile la cause des analogies originaires entre le grec et le latin; toutefois leurs anomalies n'y trouvent pas une parfaite explication, et pour n'en faire remarquer qu'une seule, mais fondamentale, nous rappellerons que le grec emploie à la fois le secours de l'article et de la désinence dans les noms, et que le latin ne connaît pas l'usage de l'article. On nous dit aussi que le latin est plus indien dans sa substance que ne l'est le grec : que penser sur de telles données? comment satisfaire un esprit à bon droit exigeant et avide de lumières sur des faits dont les causes demeurent aussi incertaines? On a dit que le grec et le latin, venus également de l'Inde, en étaient sortis à deux époques et de deux régions différentes : pourquoi cette explication serait-elle plus merveilleuse que l'origine même de ces deux riches idiomes?

La réalité de leurs rapports intimes avec la langue sanskrite est aujourd'hui une doctrine classique en Europe : nous trouvons dans un ouvrage récent, où cette réalité est exposée avec une science à la fois modeste et profonde [1], une phrase composée en sanskrit et en latin, et dont la simple transcription interlinéaire nous semble ici pouvoir tenir lieu, à l'égard du latin, de toute démonstration plus étendue :

RAJAM	RAJNIM	YUVA-RAJAM	BHRATARN	SVASARÇ-CA	TAYATAM
REG*em*,	REGIN*am*,	JUVE*nem* REGI*um*,	FRAT*res*,	SORORES-*que*,	TUEAT*ur*

MAHA-DAIVAS.
MAG*nus*-DEUS.

Le rapprochement des syllabes radicales de ces neuf mots suffira pour démontrer leur identité, et cette identité, qui ne saurait être fortuite, puisque le plus grand nombre des mots des deux idiomes ainsi rapprochés donneraient des résultats semblables, démontre à son tour la parenté originaire des deux langues.

Les plus habiles critiques de l'antiquité latine ne portèrent pas au delà du grec les recherches sur leurs origines, et il était de doctrine reçue parmi eux, que c'était avec le dialecte des Éoliens que la langue latine avait le plus de rapports évidens : assez semblables en ceci aux critiques modernes qui trouvent l'étymologie d'un mot français dans l'italien, étymologie qui n'est, au vrai, que la ressemblance inévitable entre deux mots provenant d'une souche commune. Ces anciens critiques, toutefois, généralisaient assez leur doctrine pour ne pas considérer comme étrangers à la langue latine les mots particulièrement usités chez Toscans, les Sabins et les Prénestins même : *omnia italica,* disait Quintilien, *pro romanis habeo;* et en même temps, ils distinguèrent avec soin les mots gaulois,

[1] *Parallèle des langues de l'Europe et de l'Inde,* par F. G. Eichhoff; Paris, Imprimerie Royale, 1836, in-4°.

espagnols ou carthaginois qui s'étaient introduits dans leur langue. Mais cette langue ne put échapper au destin de tous les idiomes ses contemporains et de ceux qui en dérivèrent : le temps vint pour elle où il y avait déjà un vieux langage, malheureusement parce qu'il y en avait un nouveau, et ce progrès ne pouvait être que ce qu'il fut, le prélude de sa décadence.

Tel est le sort réservé aux créations des hommes, et les plus malignes influences ne cessèrent pas de menacer la langue latine dès son berceau : non-seulement son orthographe, comme le dit le judicieux critique déjà cité, fut soumise à un usage variable, et changea souvent par conséquent, mais encore il fut un temps reculé, ajoute-t-il, où la langue latine n'était écrite qu'avec un petit nombre de lettres, qui différaient de forme et de valeur d'avec celles de son temps. Comprend-on assez ce que, dans une littérature quelconque, des modifications fondamentales, telles que l'augmentation du nombre des lettres de l'alphabet, la mutation de leur forme, les variations dans l'orthographe, y apportent de perturbation, et par combien de détrimens pour l'intelligence des origines on achète de tels perfectionnemens? L'histoire de la langue latine serait, en ce point, celle de tous les idiomes de l'Occident.

Pline et Tacite[1] disent que l'ancien alphabet latin était le même que l'ancien alphabet grec. Il fut introduit dans le Latium par les Pélasges, selon Pline et le grammairien Victorinus[2]; par Évandre, selon l'opinion la plus commune, qui, toutefois, ne tire pas d'un plus grand assentiment une plus grande certitude. L'histoire des origines italiques, telle que des poètes l'ont écrite, est de sa nature trop dépendante de l'économie et de l'intérêt du poëme. On dit aussi qu'Énée, durant sa navigation vagabonde, orna de belles inscriptions les mausolées de ceux de ses compagnons que la mort lui ravit : Énée aurait donc certainement porté en Italie la connaissance de l'écriture, si les beaux vers de Virgile pouvaient être de bons témoignages historiques; mais Hercule et les Pélasges, Évandre et Énée, malgré leur célébrité, n'ont pas encore obtenu, d'une critique peu sensible à l'éclat des siècles héroïques, l'avantage de descendre à l'humble condition d'hommes et de personnages de l'histoire. Tout ceci se réduit à savoir qu'il n'existe aucune donnée positive sur l'époque de l'introduction de l'écriture alphabétique en Italie.

A ce sujet, on devrait examiner l'antiquité relative des monumens écrits qui nous sont parvenus des diverses nations italiotes, et rechercher quel fut l'état de leur culture intellectuelle avant l'influence grecque, et à diverses époques du période circonscrit entre la chute de Troie et la naissance ou plutôt l'accroissement

[1] Plin., lib. vii, cap. 58; Tac., *Annal.*, lib. xi, cap. 14.

[2] Putschius, *Gramm. latinæ Auctores antiq.*, pag. 1944.

de Rome. Sur ce second point, les conjectures ne manquent pas, mais des conjectures seulement; sur le premier, et d'après l'opinion impartiale et éclairée des critiques modernes qui se sont exercés sur les monumens italiotes de toute origine, il faut croire qu'il n'existe aujourd'hui aucun monument écrit de cette origine, qui soit antérieur à cette époque de Rome.

Les anciens grammairiens nous ont appris unanimement que l'alphabet primitif des Latins fut composé de seize lettres seulement[1]; on sait avec la même certitude que l'alphabet primitif des Grecs, semblable, nous a-t-on dit, à celui des Latins, avait le même nombre de lettres; les Gaulois et les Germains se servaient aussi des lettres de l'alphabet grec[2]; les inscriptions les plus anciennes qui nous restent des Étrusques et des autres peuples de la même famille, ne donnent que seize lettres primitives, ou à son simple, pour leur alphabet: n'y aurait-il pas à tirer du rapprochement de ces faits archéologiques, l'idée d'un alphabet de seize signes, qui dut être commun, dès la plus haute antiquité littéraire en Europe, à tous les peuples qui s'y distinguèrent les premiers par la culture de la littérature et des arts?

La considération de ces mêmes faits nous porte à reconnaître comme signes primitifs de l'alphabet latin, les lettres indicatives des sons : A, B, C, D, E, F, I, L, M, N, O, P, R, S, T, V; et quelle que soit, en ce point, la diversité d'opinion des grammairiens anciens, cette série de signes, considérés comme primitifs, a en sa faveur l'assentiment de plusieurs de ces critiques, et, ce qui est de plus grande autorité encore, celui des monumens.

Dans l'inscription des frères Arvales, l'un des plus anciens monumens latins, (découverte, en 1778, en construisant la sacristie de Saint-Pierre de Rome, où elle est conservée), on ne trouve employées, en effet, que ces mêmes seize lettres.

Les fragmens des lois royales attribuées à Servius Tullius, ceux des lois des Douze-Tables, et l'inscription rostrale de Dvillius, dans l'état où ces monumens littéraires nous sont aujourd'hui connus, confirmeraient cette première donnée sur l'état primitif de l'alphabet latin, et ne nous montreraient non plus que ces seize premières lettres, sans l'adjonction de G, H, K, Q, X, Y, Z[3]; mais ces textes

[1] Apud Putsch.; Victorinus, pag. 2468, et Prisc., pag. 462.

[2] CÆS., *de Bell. gall.*, lib. VI, pag. 203, ed. Oberlin.; TACIT., *de Morib. Germ.*, pag. 436, ed. Lipsiæ.

[3] Verrius Flaccus suppose que le Z fut employé dans le texte des vers des prêtres saliens. — Pomponius le jurisconsulte, dans son traité *de Origine juris*, attribue à Appius Centimanus l'invention du R; mais des critiques pensent qu'il s'agit seulement de la forme de cette lettre qui ressemblait primitivement au D : l'on trouve, en effet, sur une médaille LADINOD pour LARINOR*um*. C tenait aussi lieu du G, avant que Spurius Carvilius eût fait adopter cette dernière lettre; jusque-là on écrivait ACNA pour AGNA; on écrivait aussi PACIT et FACIT pour PAXIT et FAXIT; enfin, avant l'usage du Z, il était remplacé par CS, GS, SS, ou bien D : MEDENTIUS pour MEZENTIUS. G et Q se trouvent dans quelques copies anciennes des lois des Douze-Tables, et le X dans l'inscription de Dvillius; mais ces copies ne sont encore que des copies sans authenticité suffisante.

précieux ne nous sont parvenus que par des copies plus ou moins altérées, peut-être même à force d'archaïsmes supposés, et l'identité nécessaire de ces copies avec les originaux ne nous semble pas assez garantie, pour que nous puissions en tirer quelqu'induction authentique et utile à la discussion présente.

Il nous faut donc, dans l'ordre d'ancienneté, descendre sans intermédiaire jusques aux temps des Scipions, et consulter, dans leurs rapports avec notre sujet, les diverses parties du tombeau de cette race illustre. Il fut découvert en l'année 1780 : on y trouva un certain nombre d'inscriptions latines, indiquant les noms des personnages déposés, pendant un intervalle de deux siècles, dans cette modeste sépulture; et la diversité des époques où ces inscriptions furent tracées dans ce même tombeau, en fait un véritable musée de paléographie et de critique grammaticale pour l'histoire de la littérature latine.

L'inscription de Scipio Barbatus est considérée comme le plus ancien latin d'une date certaine : ce Scipion fut consul en l'année 298 avant l'ère chrétienne; les deux premières lignes de notre planche n° I reproduisent la forme des lettres de cette inscription; on y trouve les deux lettres G et Q déjà introduites dans l'écriture romaine.

Lucius Scipio, fils de Barbatus, fut consul en l'année 259, quarante ans après son père; trois lignes (les n°s 3, 4 et 5) tirées de son inscription funéraire, sont reproduites sur notre même planche I. On y remarque un nouvel accroissement de l'alphabet par l'usage de la lettre H. Le X et le K se montrent dans quelques inscriptions postérieures, et l'on comprend qu'à cette époque mémorable où l'Asie, l'Afrique et l'Europe fournissaient, comme un tribut, de glorieux surnoms à la race des Cornéliens, la langue latine ne pouvait pas demeurer en arrière du progrès de toutes les autres institutions nationales.

Les lignes 6 et 7 de notre planche I, se lisent : *Novios Plautios med romai fecid Dindia Macolnia filea dedit;* ces mots sont gravés sur un miroir mystique, considéré comme antérieur à l'an 200 avant l'ère chrétienne.

Ces deux lignes d'écriture, et les cinq qui les précèdent, nous montrent la forme réelle de l'écriture romaine à ces diverses époques, et nous donnent les moyens, soit de la comparer avec l'ancien alphabet grec et les alphabets de l'ancienne Italie, soit de mesurer le chemin et le temps que la première écriture romaine eut à parcourir pour parvenir, de ces formes rustiques et sans proportions, à la belle écriture monumentale des siècles d'Auguste et des Antonins; et nous ne pouvons parler que de l'écriture monumentale, car pour ce qui est de l'écriture cursive, usuelle et générale dans l'Europe latine, il ne nous en reste malheureusement aucun exemple de l'époque romaine.

Il n'en est pas de même de l'orthographe de la langue latine; les monumens, par la succession des époques, jettent un puissant intérêt sur l'étude de ses variations, et cette étude est, sans nul doute, une des plus utiles et des plus fructueuses, quand on veut remonter aux origines véritables de toute littérature.

Les monumens authentiques sont les meilleurs guides dans cette difficile investigation : consultons ceux qui nous restent de cette langue latine si nécessaire à la connaissance et à la bonne pratique de la nôtre.

Le premier exemple en date est tiré du cantique des frères Arvales, qui invoquaient les divinités pour la conservation des fruits de la terre. Les premiers mots sont une prière aux Lares et à Mars, et chaque ligne ou verset est trois fois répété; voici les deux premiers :

ENOSLASESIVVATE
NEVELVERVEMARMARSINSINCVRRERE INPLEORES.

Les philologues qui se sont exercés sur ce texte antique l'ont lu : *enos lases juvate neve luerue Marmar sins incurrere in pleores*, équivalant à ces deux phrases latines des temps postérieurs : *nos Lares juvate, neve luerhem* (pour *luem*), *Mamars, sines incurrere in flores.*

Caton nous a conservé une formule usitée dans les sacrifices rustiques, fort analogue à celle des Arvales : *Mars pater,* y est-il dit, *te precor... uti tu... intemperias prohibessis... beneque evenire sinas.* Les frères Arvales terminaient leur cantique par le mot TRIUMPE, pour *triumphe,* répété neuf fois pendant leur chant et leurs danses.

Nous trouvons dans un fragment des lois royales un nouvel exemple d'une orthographe et d'un système grammatical moins étranges; on y lit :

SEI. PARENTEM. PVER. VERBERIT., AST. OLOE. PLORASIT., PVER. DIVEIS. PARENTVM. SACER. ESTO.

Les mots *verberit, oloe, plorasit* ou *plorassit,* sont remarquables par leurs formes insolites dans la belle latinité; *verberit* pour *verberet,* et l'on disait aussi, dans ce même temps, *edim, edis, edit,* au lieu de *edam, edes, edet; oloe* qui est devenu *ille; plorasit* pour *ploraverit.* C'est la loi qui permettait d'immoler comme une victime l'enfant qui frappait ses parens; mais cette loi ne nous est certainement point parvenue dans sa pureté ou plutôt son irrégularité primitive.

Pour ne pas citer d'autres textes d'une origine également incertaine, et qui ne nous ont été conservés que par plusieurs générations de copies dont la scrupuleuse fidélité ne saurait être garantie, nous revenons aux monumens originaux, et d'abord à l'inscription relative à la victoire navale de Dvillius sur les Carthaginois, vers l'an 250 avant l'ère chrétienne. On sait que cette inscription se voit encore au Capitole, mais elle est généralement considérée comme ne remontant pas au delà du siècle de l'empereur Claude, époque où l'ancien monument, détruit sans doute par le laps de temps, dut être renouvelé. Il est hors de doute que cette circonstance, et tel est l'avis des meilleurs critiques, contribua à corrompre (ou à améliorer, si l'on veut) l'inscription primitive, et y fit introduire une orthographe plus régulière, plus analogique, il est vrai, mais dès-lors inutile à consulter pour l'historien de la langue latine, et trompeuse même pour ceux qui ne seraient pas avertis de cette substitution de texte. On remarquera toutefois dans celui qui nous est parvenu, l'exclusion de la lettre G, et de l'aspiration des consonnes; que la lettre E s'y trouve employée pour I; O et OV pour le son U; que D est ajouté aux mots terminés par une voyelle, et qu'aucune consonne n'est redoublée.

. . . .
LECION..... XIMOSQVE. MACESTRATOS..... CASTERIS. EXFOCIVNT. MACEL..... PVCNANDOD. CEPET. ENQVE. EODEM. MACESTRATOD..... NAVEBOS. MARID. CONSOL. PRIMOS..... — CVM. QVE. EIS. NAVEBOVS. CLASES. POENICAS. OM..... COPIAS. CARTACINIENSIS. PRAESENTED..... DICTATORED. OLORVM. IN. ALTOD. MARID. PVCN..... CE..... — ARCENTOM. CAPTOM. PRAEDA. NVMEI.....

Dans ce texte un peu fruste, les critiques se sont accordés à lire : *Legiones maximusque magistratus.... castris effugiunt, macellam pugnando cepit, enque eodem magistrato prospere rem navibus mari consul primus gessit; classesque navales primus ornavit, cumque eis navibus classes punicas omnes paratissimas copias carthaginienses, præsente maximo dictatore illorum, in alto mari pugnando vicit, naves cepit, cum sociis, etc.*

Mais l'hypogée des Scipions nous fournira des documens d'une autorité plus complète, et leur lecture attentive suffira pour en tirer toutes les conséquences utiles au sujet de cet écrit.

Le sarcophage de Lucius Cornelius Scipio Barbatus, bisaïeul de Scipion l'Asiatique et de Scipion l'Africain, est considéré par l'illustre Visconti comme un des plus anciens monumens écrits d'origine romaine. Ce sarcophage est en marbre blanc et classé parmi les belles productions de la sculpture antique; l'épitaphe, gravée en creux sur sa face antérieure, est ainsi conçue :

. . . . CORNELIVS. LVCIVS. SCIPIO. BARBATVS. GNAIVOD. PATRE. = PROGNATVS. FORTIS. VIR. SAPIENS. QUE. — QVOIVS. FORMA. VIRTUTEI. PARISVMA. = FVIT. = CONSOL CENSOR. AIDILIS. QVEI. FVIT. APVD. VOS. — TAVRASIA. CISAVNA = SAMNIO. CEPIT. — SVBIGIT. OMNE. LOVCANA. OPSIDESQVE. ABDOVCIT[1].

[1] Le double trait = indique le commencement des lignes dans l'original.

L'inscription funéraire de Lucius Scipio, fils de Lucius Barbatus, est ainsi conçue :

HONC. OINO. PLOIRVME. COSENTIONT. R.....
DVONORO. OPTVMO. FVISE. VIRO.
LVCIOM. SCIPIONE. FILIOS. BARBATI.
CONSOL. CENSOR. AIDILIS. HIC. FVET. A.....
HEC. CEPIT. CORSICA. ALERIAQVE VRBE.
DEDET. TEMPESTATEBVS. AIDE. MERETO.

Selon l'orthographe des auteurs latins imprimés, on a lu ainsi ces six lignes :

Hunc unum plurimi consentiunt Romæ
Bonorum optimum fuisse virum
Lucium Scipionem. Filius Barbati
Consul censor ædilis hic fuit a.....
Hic cepit Corsicam Aleriamque urbem
Dedit Tempestatibus ædem merito.

Un sénatus-consulte relatif aux Bacchanales, et qui nous est parvenu gravé sur une table de bronze trouvée dans la Calabre et déposée au Musée impérial de Vienne, est postérieur d'environ soixante ans à l'inscription qu'on vient de lire. Ce sénatus-consulte, mentionné par Tite-Live, et qui est de l'an 568 de Rome, cent quatre-vingt-six ans avant l'ère chrétienne, est fort étendu, et il suffira à notre plan d'en rapporter ici les premières lignes :

..... MARCIVS. L. F. S. POSTVMIVS. L. F. COS. SENATVM. QONSOLVERVNT.
N. OCTOB. APVD. AEDEM. DVELONAI. SC. ARF. M. CLAVDI. M. F. L. VALERI.
P. F. Q. MINVCI. C. F. DE BACANALIBVS. QVEI. FOIDERATEI. ESENT. ITA.
EXDEICENDVM. CENSVERE. NEIQVIS. EORVM. S[*B*]ACANAL. HABVISE. VELET.
SEI. QVES. ESENT. QVEI. SIBEI. DEICERENT. NECESVS. ESE. BACANAL. HABERE.
EEIS. VTEI. AD. PR. VRBANVM. ROMAM. VENIRENT. DEQVE EEIS. REBVS. VBEI.
EORVM. VTR A[*VERBA*]. AVDITA. ESENT, ETC.

Ce texte est terminé par ces dispositions :

ATQVE. VTEI. HOCE. IN. TABOLAM. AHENAM. INCEIDERETIS. ITA. SENATVS.
AIQVOM. CENSVIT. VTEIQVE. EAM. FIGIER. IOVBEATIS. VBEI. FACILVMED.
GNOSCIER. POTISIT. ATQVE. VTEI. EA. BACANALIA. SEI. QVA. SVNT. EXSTRAD.
QVAM. SEI. QVID. IBEI. SACRI. EST. ITA. VTEI. SVPRAD. SCRIPTVM. EST.....
FACIATIS. VTEI. DISMOTA. SIENT.....

On lit dans le même texte : OINVORSEI. VIREI, pour *universi viri;* IN. DQVOLTOD.... IN. POPLICOD, pour *in occulto.... in publico;* DE. SENATVOS. SENTENTIAD, pour *de senatûs sententia;* et des mots écrits et arrangés en composition comme le sont ceux de l'inscription primitive, révèlent suffisamment l'état réel d'une langue, et dénoncent hautement les métamorphoses nombreuses qu'on lui a fait subir pour l'amener à une phraséologie notablement différente.

L'examen de ces textes, dont l'exactitude est monumentalement démontrée, doit fournir à la critique littéraire, dans l'intérêt même de l'objet que nous nous proposons, une foule de remarques précieuses pour l'histoire des variations survenues dans la constitution grammaticale de la langue latine; et ces remarques ne perdraient rien ici de leur autorité quand même il serait vrai que, dans quelques-uns de ces monumens, on aurait affecté d'employer certaines formes de langage qui ne furent réellement en usage que dans des temps antérieurs à l'époque même où ces monumens ont été érigés : il nous suffit que ces formes plus anciennes, ces archaïsmes, aient été réellement employés à une époque quelconque, pour qu'ils soient pour nous des faits de grande considération. Le lecteur ne peut manquer de les apprécier sous leurs faces diverses; et sans l'astreindre à un minutieux examen, dont nous trouverions le sujet dans les substitutions réciproques de quelques lettres consonnes, dans le fréquent emploi des diphthongues, l'irrégulière variété des désinences, l'absence de certaines règles considérées comme impératives dans la syntaxe des genres, des nombres, des cas, des temps, des modes, des personnes, nous l'engagerons seulement, pour que les résultats d'un tel examen le frappent tout d'abord, à comparer attentivement les textes antiques avec la transcription qu'il en peut faire en latin classique, en latin écrit selon les règles finales imposées à cette langue, et que ne connurent pas les rédacteurs des textes écrits sur ces monumens.

A l'époque du dernier que nous avons cité, le sénatus-consulte sur les Bacchanales, Ennius était déjà à Rome, Plaute avait donné au public la plupart de ses comédies, et Térence était né : c'est le temps où les ouvrages des écrivains connus se rattachent au texte des monumens, et les uns et les autres forment, par leur liaison, la série non interrompue des productions de la langue latine depuis le troisième siècle avant l'ère chrétienne jusqu'à nos jours : et nous ne remontons pas au delà de ce troisième siècle, les vers fescennins chantés au temps de la moisson, les vers saliens ou *axamenta* des prêtres de Mars, les drames nommés Atellanes, la fable de Menenius Agrippa, comme les livres de Numa, les commentaires des pontifes, les livres des magistrats, les livres écrits sur de la toile, et les recueils de lois, n'étant, pour notre objet actuel, que des traditions qui ne peuvent pas trouver place dans une série de faits avérés et authentiques.

Il nous semble hors de doute que les ouvrages des premiers écrivains latins, d'Andronicus, Névius, Ennius, Pacuvius, Attius, Plaute, Lucilius, Fabius Pictor, ceux des Caton, de Cornelius Cethegus, de Licinius Crassus et des autres jurisconsultes qui se distinguèrent avant lui; que les livres des *litterati* et ceux des *litteratores,* des savans et des grammairiens, furent écrits avec une orthographe conforme à celle des monumens publics dont nous venons de citer le texte. Les sénateurs, les chevaliers, les affranchis qui leur appartenaient, auraient-ils écrit leurs ouvrages autrement que le sénat n'écrivait ses propres actes? Ces actes affichés dans tous les quartiers de Rome, et ces ouvrages destinés à tous les hommes instruits, ne devaient-ils pas être également intelligibles à tous?

De cette antique orthographe, il ne reste presqu'aucune trace évidente dans le texte de ceux des ouvrages de cette époque qui sont parvenus jusqu'à nous. La Grèce conquise humanisa l'épée romaine et adoucit les mœurs agrestes du Latium; la langue latine se perfectionna en s'éloignant de plus en plus de ses primitives habitudes. Le progrès de ces changemens fut sensible dans les hautes classes; mais il fut nul dans les autres, et du temps de Plaute on distinguait déjà, à Rome même, la *lingua nobilis* de la *lingua plebeia,* la langue des personnes bien élevées et la langue du peuple, appelées aussi langue urbaine et langue rustique. Toutefois ne méprisons pas celle-ci; elle aura eu d'assez hautes destinées, si l'on peut faire remonter jusqu'à son berceau, tout plébéien, l'origine des idiomes qui se partagent aujourd'hui les contrées principales de l'ancienne Europe latine. L'usage de cet idiome rustique fut universel dans le monde romain, et il y a toujours eu des chances de durée pour les idées et les pratiques réellement populaires; à Rome d'ailleurs, et bien plus que dans nos sociétés modernes, le beau monde et le beau langage étaient une immense exception.

L'art de l'imprimerie fut inconnu aux anciens; on ne multipliait donc les exemplaires des bons ouvrages que par des copies manuscrites, et comme les copistes s'empressaient d'introduire dans les anciens textes l'orthographe nouvelle, ces textes ont dû nous parvenir, de copie en copie, dans un état qui ne révèle que trop l'active industrie de ces *libraires* de l'antiquité; et s'ils transcrivirent, du temps de l'Empire, les premiers vers du poëme de Névius sur la première guerre Punique :

Quei terrai Latiai (ou Latiei) hemones tuserunt
Vires frudesque Poinicas fabor,

ils ne se firent faute d'écrire : *Qui terrae Latiae homines tuderint* (ou *fregerint*) *Vires fraudesque Punicas fabor;* et il en fut de même des ouvrages de Fabius Pictor, d'Ennius et de tous leurs contemporains. Plus tard encore, les écrits des poètes et des prosateurs de l'Empire furent soumis à des épreuves analogues, et dans l'état actuel des plus anciennes copies de tous ces ouvrages latins, il n'y a plus de différences sensibles entre l'orthographe des écrits de Caton et celle des ouvrages de saint Jérôme.

On peut donc considérer à peu près tous les textes latins qui nous sont parvenus par les manuscrits, comme arrangés à la mode latine du quatrième siècle de l'ère chrétienne, et il en est résulté d'assez singulières choses.

C'est ce latin qu'on enseigne dans nos établissemens académiques; c'est sur ce latin qu'ont été rédigés les grammaires et les dictionnaires qui servent à l'étude de cette langue. Les grammairiens des siècles précédens, on ne les comprend pas toujours complètement, et l'on est forcé de reconnaître qu'ils s'exercent parfois sur des mots ou sur des locutions insolites dans notre latin [1]. Quintilien lui-même nous est-il toujours intelligible en tous les détails techniques renfermés dans ses préceptes et ses exemples relatifs à la grammaire, aux qualités et aux vices du discours, à l'influence, sur les langues, de la raison, du temps, de l'autorité et de l'usage, enfin à l'orthographe, qu'il définit *recte scribendi scientia?* Et serait-ce l'effet d'une illusion réellement monstrueuse, que d'éprouver la crainte que Cicéron, avec son latin autographe, avec ses talens et son génie, n'obtînt peut-être, dans nos écoles, que des prix de sagesse ou de vertu?

Ce qui est absolument vrai, c'est qu'il est né de cette édition universelle des classiques latins, uniformément *arrangés* au quatrième siècle, une autre sorte de latin qui, au lieu d'être la règle, est considéré au contraire comme l'exception : c'est le latin lapidaire ou des monumens. On ne les a pas refaits, ils conservent donc aux mots l'orthographe, l'acception, l'arrangement selon leur propre siècle : la terre les a soustraits jusqu'ici au funeste zèle des libraires et des grammairiens postérieurs aux beaux siècles de l'Empire, et le latin de ces siècles s'est conservé fidèle à lui-même sur ces monumens. Ce latin étonne quelquefois nos humanistes; l'interprétation du latin selon les inscriptions romaines, est en effet une science à part de la science des humanités latines selon les auteurs. Faut-il donc d'autre preuve des métamorphoses que le texte de ces auteurs a subies, et de ce travail effroyable qui, à la condition des mêmes mutilations, a fait du même temps et du même pays, par l'unité de leur langage, tous les auteurs des bons et des mauvais siècles de la littérature romaine? Oserait-on assurer que ceci s'est passé sans dommage pour l'esprit, la pensée et le style de ces écrivains? Varron indiquait en ces termes les deux causes principales des variations déjà survenues de son temps dans la langue latine : « Multa verba littereis commutateis sunt interpolata;.... et multa verba aliud nunc ostendunt, aliud ante significabant. »

Tel est d'ailleurs le sort réservé à toute littérature, et n'avons-nous pas dans la nôtre deux ou trois textes anciens, mais inégalement anciens, de notre Joinville?

[1] J'ai sous les yeux des fragmens d'un manuscrit du neuvième siècle, en écriture cursive-saxonne, restes de l'ouvrage d'un grammairien, que je n'ai reconnu ni dans les autres manuscrits, ni dans les textes imprimés. Ces fragmens contiennent plusieurs nomenclatures, et l'on trouve dans l'une d'elles les mots *canax* comme dérivé de caneo, *redela* de redeo, *tumax* de tumeo, *colicula* de colo, *cubina* de cubo, etc. La comparaison des textes classiques des divers siècles nous fournirait aussi une longue liste de mots tombant en désuétude d'époque en époque, et rien ne nous a préservés en ce point de la science des copistes.

Sous nos yeux *n'arrange-t-on pas* le style de Froissard, le style de Molière? Bientôt peut-être il faudra aussi arranger le style de Racine!

Homère avait écrit ses ouvrages avec l'alphabet de vingt lettres seulement : on nous les a transmis, au détriment manifeste de l'antiquité littéraire, dans un système orthographique inconnu au poète et aux siècles postérieurs, au siècle même de Thucydide; et sans le témoignage de quelques rares monumens, nous ignorerions les formes de la langue ancienne des Grecs, qui est une des mères de la nôtre.

A Rome, on inscrivait ces paroles en l'honneur d'un Scipion :

HONC OINO PLOIRVME COSENTIVNT DVONORO R..... OPTVMO FVISE VIRO
LVCIOM SCIPIONE..... DEDET TEMPESTATEBVS AIDE MERETO.

Si cette phrase s'était trouvée dans un auteur contemporain des Scipion, les manuscrits nous l'auraient transmise en ces termes : *Hunc unum plurimi consentiunt bonorum (Romæ), optimum fuisse virum Lucium Scipionem..... dedit tempestatibus ædem merito;* et sans le soi-disant latin lapidaire, sans le témoignage des monumens, nous serions tenus de croire que les Scipion parlaient et orthographiaient le latin comme Lampride et Vopiscus, comme Alcuin et Abélard, comme Érasme et les orateurs latinisans qui usent encore de cette langue.

Notre admirable Joinville avait écrit cette phrase, en l'année 1309 :

« Il (le roy) me demanda se je vouloie estre honorez en ce siècle et avoir paradis à la mort, et je li diz oyl; et il me dit : doncques vous gardez que vous ne faistes ne ne dites à vostre escient nulle riens que se tout le monde le savoit, que vous ne peussiez congnoistre : je ai ce fait, je ai ce dit. »

Et les translatateurs selon la nouvelle orthographe et le beau langaige du quinzième siècle, lui ont fait dire : « Il me demanda une foiz si je voulois estre onnouré en ce monde présent et en la fin de moy avoir paradis. Auquel je respondy que ouy... Adonc, me dit-il, gardez-vous doncques bien que vous ne facez ne diez aulcune vilaine chose a vostre escient... que vous n' ayez onte et vergoigne de dire : j'ai ce fait, ou j'ai ce dit; » et ces infidélités se multiplient chaque jour sous la plume ignorante ou paresseuse des récens éditeurs.... Condamnons hautement l'usage de ces hardies mainmises sur les textes de ces langues dont les antiquités sont si nécessaires dans la perquisition des origines de la nôtre.

Qui tenterait de reconnaître les effets variés d'une telle révolution sur l'état des textes latins qui l'ont subie, s'imposerait une tâche à la fois difficile et affligeante; voyez dans l'Histoire de l'adolescence de la langue latine[1] ce qu'elle était

[1] FRUNCK.

avant Cicéron, et dès-lors ce qu'elle ne fut plus; écoutez attentivement Quintilien, il vous dira de quelles *vétilles (ineptiæ)* l'orthographe de son temps s'était déjà débarrassée, parce que l'orthographe aussi est soumise à la mode, et que pour cela elle est souvent changée [1]; il vous dira aussi qu'on écrivait dans un temps *Valesius, Fusius, arbos, labos, clamos,* S étant employée pour R; *Alexanter, Cassantra, Hecoba, notrix, Culchides, Pulixena, dederont, probaveront, Menerva, leber, magester, ædos, ircos, Graccis, triumpis,* et par un autre caprice *choronæ, chenturiones;* enfin que c'est mal à propos que l'H a été conservé dans les mots *vehementer, comprehendere, mihi;* que de son temps il y avait encore des gens qui s'obstinaient à dire *audivisse, scivisse, tribunale, faciliter,* mais qu'on ne disait plus alors *calefecere, conservavisse;* que d'ailleurs on ne savait pas encore comment on devait décliner le mot *senatus,* et si l'on devait dire *senatus, senatûs, senatui,* ou bien *senatus, senati, senato;* si le milieu du jour devait s'appeler *meridies* ou *medidies;* que Virgile et Cicéron écrivaient *caussæ, divissiones, cassus,* et un peu avant eux *jusi* pour *jussi;* que les anciens disaient *heri,* que ce mot se trouvait dans des lettres qu'Auguste avait corrigées de sa main, mais que *here* avait prévalu; que Caton écrivait *dicem, faciem,* pour *dicam, faciam;* que Tite-Live préférait *sibe, quase,* à *sibi, quasi;* qu'il fallait s'abstenir soigneusement de certains mots, quoiqu'employés par Caton, Pollion, Messala, Célius et Calvus; qu'on entendait encore journellement, au cirque et au théâtre, le public pousser des exclamations barbares : et Quintilien tirait de tous ces faits et de leur rapprochement, cette conclusion importante, qu'autre chose était parler latin, et autre chose parler grammaticalement, *aliud esse latine, aliud grammatice loqui.* Nos idiomes modernes prouvent que c'est le latin qui a survécu aux grammairiens.

C'est donc après avoir subi cette longue série de vicissitudes séculaires, que nous sont parvenus les écrivains classiques de la littérature latine. La critique corrective n'oublie pas les funestes effets de tels perfectionnemens : quand elle les considère comme la cause de tant de monstrueuses variantes, elle y trouve parfois le moyen de rendre à ces textes vénérés leur pureté primitive; et si elle y cherche avec intelligence, elle y retrouve aussi les causes purement orthographiques de la plupart des *exceptions* à nos règles officielles de la prosodie latine, exceptions imaginaires en présence de l'ancienne orthographe, qui n'y fait découvrir, en effet, que ces règles mêmes, dans la plénitude de leur autorité.

Mais pourquoi de tels soins sont-ils devenus nécessaires pour l'intelligence de tant de rares et nobles productions de l'esprit humain? C'est bien ici que la lettre tue et que l'esprit vivifie : l'histoire de l'alphabet d'un peuple devrait donc

[1] « Verum orthographia quoque consuetudini servit, ideoque sæpe mutata est. » (*Institutio orat.*, lib. 1, cap. 7.)

être, ce nous semble, le premier chapitre de l'histoire générale de sa littérature et le premier objet de son étude.

En comparant les exemples n° Ier, et n° Ier *bis* qui est une ligne du sénatus-consulte relatif aux Bacchanales, avec l'exemple n° II (planche Ire), on voit par quelles variétés de forme avaient passé les signes de l'alphabet latin, durant les six siècles qui séparent le temps de l'inscription de Scipio Barbatus, du temps où fut écrit l'évangéliaire d'où est tiré le modèle n° II. On reconnaît dans ce modèle l'écriture romaine, majuscule rustique, qui avait succédé aux belles formes des lettres des inscriptions dont les monumens des siècles d'Auguste et des Antonins furent décorés. Cet évangéliaire, n° II, entièrement écrit sur vélin pourpre, en lettres d'or, et qui se voit à la Bibliothèque royale de Paris, est attribué, par le savant Mabillon, au quatrième siècle de l'ère chrétienne.

L'exemple n° III nous fait connaître l'écriture cursive du cinquième siècle; il est tiré d'une charte sur papyrus d'Égypte, de l'an 444, appartenant au Vatican.

Cette écriture cursive, diversement modifiée dans quelques traits principaux, mais sans aucun changement notable dans sa physionomie, et qui est peu distincte, très-liée, très-compliquée, continua d'être en usage dans les chancelleries d'Italie pendant les sixième, septième et huitième siècles, et jusqu'à l'époque où l'écriture dite lombarde fut généralement adoptée par les notaires du Saint-Siège. Les chartes sur papyrus, connues sous le nom de *chartes de Ravennes*, qui sont de l'année 552 environ, et la charte de Tournus, de l'an 876, également sur papyrus, sont aussi de beaux modèles de l'antique écriture cursive et de l'écriture lombarde : j'ai publié en 20 feuilles les *fac simile* de ces divers monumens paléographiques.

Le numéro suivant (IV de la planche Ire) est un modèle de calligraphie, en lettres majuscules du cinquième siècle; il est tiré du psautier qu'on dit avoir appartenu à saint Germain : volume in-4°, sur vélin pourpre, écrit en lettres d'or et d'argent, et appartenant à la Bibliothèque royale.

Notre planche II renferme trois exemples d'écritures des sixième et septième siècles. L'exemple n° V est en lettres cursives gallicanes, tirées du précieux manuscrit de saint Avit, sur papyrus, ouvrage célèbre dans la littérature ecclésiastique et parmi les monumens paléographiques.

Le manuscrit de saint Cyprien, sur vélin, en lettres onciales et à deux colonnes, a fourni le modèle d'écriture n° VI, attribué au septième siècle de notre ère, et exécuté très-vraisemblablement en Italie.

L'écriture de l'exemple suivant, le n° VII, est également du même siècle; mais elle est particulière aux contrées du nord de la France; elle est appelée cursive-mérovingienne, et l'exemple est tiré d'un magnifique manuscrit de Grégoire de

PLANCHE I.

LECTURE DES TEXTES.

---

n° 1.

1. cornelius. lucius. scipio. barbatus. cnavod
2. patre. prognatus. fortis. vir sapiensque

3. honc oino. ploirume cosentiont. r
4. duonoro. optumo. fuise. viro
5. luciom. scipione. filios barbati

6. novios plautios. med romai fecid
7. dindia. macolnia filea. dedit

n° 1 *bis*.

Homines. plous. v. oinvorsei. virei. atque. muliere

n° 2.

Et quicumque non receperit vos neque audierit sermones vestros. exeuntes foras de domo vel ci vitate. excutite pulverem de pedibus vestris. Amen dico vobis. tolerarибilius erit terrae sodo morum et comorra eorum in die iudicii. quam illi civitati.

n° 3.

Ne in exemplo disciplinae ultioni prosterna....
....r pro nostris commodis egerit ex lectione....
.....esse scribitis opto bene valeatis

n° 4.

mascorum
ei alat eos in fame
anima nostra patiens

VIe SIÈCLE

— n° 5. —

Manuscrit de St Avit, sur papyrus.
Supplément latin, n° 663. — Bibliothèque royale de Paris.

VIIe SIÈCLE

— n° 6. —

Manuscrit de St Cyprien, in-4°, sur vélin, lettres onciales, n° 712. du Suppl. lat., fol. 32 verso du mss.

VIIe SIÈCLE

— n° 7. —

Manuscrit de Grégoire de Tours, n° 132. Notre-Dame.
Écriture mérovingienne.

PLANCHE II.

LECTURE DES TEXTES.

---

n° 5.

Dicta in basilica scte mar[1]....
statueram dilictissimi et quantum arbi....
centibus dico silentium quod nuper egressus....

n° 6.

Cummoneat dms̃[2] et di
cat vos estis sal ter
rae cumq. esse nos iu
beat ad innocentiam
simplices ei tamen....

certamen animus ante
prestruitur quando se
adversari eis confite
tur plus timendus est
et cavendus inimicus

n° 7.

De captivitate in babyllonia
De nativitate x̃pi[3]
De diversis gentium regnis
Quo tempore lugdunus sit condita
De muneribus magorum et necem
infantum.....

1. scte mar... *pour* Sanctæ Mariæ. — 2. dms̃ *pour* Dominus. — 3. x̃pi *pour* Christi.

VIIIe SIÈCLE

— MANUSCRIT, n° 5730, Biblioth. royale de Paris. —

TITE-LIVE

MANUSCRIT DU VIIIe SIÈCLE.

Tite-Live (Titus Livius), né à Padoue, l'an de Rome 695 (59 ans avant Jésus-Christ) mort dans la même ville, l'an de Rome 776 (la dix-septième année de l'Ère vulgaire) et la quatrième année du règne de Tibère.

L'Histoire romaine de Tite-Live était composée de cent quarante-deux livres, et embrassait les sept cent quarante-quatre premières années de l'histoire de Rome. Quelques passages de ce grand ouvrage semblent indiquer que l'auteur mit à le composer tout le temps qui s'écoula depuis la bataille d'Actium jusqu'à la mort de Drusus, c'est-à-dire environ vingt ans. Mais il livrait au public de temps à autre quelques parties isolées. La division de cette histoire en décades ne doit pas être attribuée à Tite-Live; elle est probablement l'œuvre des copistes, qui ne reproduisirent cet ouvrage que par portions de dix livres, ce qui contribua à la perte d'un grand nombre d'entre eux. En effet, des cent quarante-deux livres composés par notre historien, il ne nous en est parvenu que trente-cinq. Quelques-uns sont encore incomplets, et ils ne nous ont pas été tous rendus en même temps. On en doit deux livres à Ulric Huttin, qui les découvrit et les publia en 1518. La bibliothèque de Mayence fournit une partie du livre troisième, du livre trentième et ce qui manquait alors du livre quarantième; Simon Gryneus retrouva, en 1531, les cinq derniers livres dans l'Abbaye de Saint-Gall, en Suisse, et les fit imprimer. La première partie du livre troisième et du trentième furent reconnues dans la bibliothèque de Bamberg, par les soins du jésuite Horrion. Enfin un fragment du livre quatre-vingt-onzième est dû au zèle de P. D. Brums et Grovenazzi, qui le recouvrèrent, en 1772, dans un manuscrit palimpseste de la bibliothèque du Vatican. Cette découverte sur Tite-Live fut la dernière, et, malgré la patience et les soins éclairés des savans de notre temps, pour compléter autant que possible ce qui manque de l'Histoire romaine de Tite-Live, l'on en est encore à regretter la partie la plus intéressante et la plus considérable de ce chef-d'œuvre historique. On peut, toutefois, rattacher quelques espérances aux travaux qui s'exécutent simultanément dans plusieurs villes de l'Europe, sur les manuscrits palimpsestes, comme on le fait à Paris sur ceux de la Bibliothèque royale, où, grâce aux procédés chimiques d'un artiste français, M. Simonin, l'on pourra bientôt savoir ce que contiennent ces anciens écrits dont nous ont privés les religieux des huitième, neuvième et dixième siècles, qui les couvrirent très-souvent de longs et fastidieux textes mystiques. Le procédé chimique de M. Simonin est d'autant plus précieux, qu'il fait revivre la première écriture du manuscrit sans altérer en rien la seconde.

Quant aux espérances fondées sur des recherches dans la bibliothèque du sérail, à Constantinople, il est aujourd'hui constant qu'elle ne renferme que des manuscrits orientaux, et que le petit nombre de manuscrits grecs ou latins échappés à la destruction ordonnée par le zèle religieux des sultans, en ont été extraits et vendus en 1687[1]. Quelques-uns de ces derniers furent alors achetés pour le compte du roi de France, et sont maintenant à la Bibliothèque royale. Aujourd'hui que l'étude de la Paléographie de la diplomatique reprend une nouvelle vigueur, espérons encore qu'un examen approfondi des manuscrits des différentes bibliothèques pourra peut-être fournir quelques découvertes nouvelles.

Tite-Live composa son Histoire romaine sur de nombreux documens enfermés dans les archives de Rome, et il en dut la communication à l'empereur Auguste, dont l'estime et la protection lui valurent, dit-on, d'être chargé de l'éducation du jeune Claude. Il consulta tous les monumens tant publics que particuliers, et les ouvrages qui avaient, avant lui, traité de quelque partie de l'histoire romaine. Ainsi son vingtième livre est entièrement pris dans Polybe, et ce même écrivain grec lui a été d'un grand secours pour les livres suivans. Peu d'historiens ont tracé les annales d'un peuple d'une manière aussi brillante. Le style de Tite-Live est toujours varié et soutenu, simple, élégant, et orné sans affectation. Il devient grand et sublime selon le sujet, et jamais il n'est au dessous de l'action qu'il dé-

[1] Dépêches originales de M. Girardin, ambassadeur de France, à Constantinople, en date du 15 décembre. Manuscrits de la Bibliothèque royale.

crit. Les harangues qu'il place dans la bouche de ses personnages, ne font que confirmer le jugement que l'on a porté de lui. Quant au reproche de *patavinité* que Pollion lui adresse, on l'entend généralement de certaines locutions que Tite-Live employait en qualité de Padouan. L'on sait, du reste, que l'amitié d'Auguste n'influença point l'indépendance de l'historien, et qu'elle lui attira, de la part de cet empereur, le surnom de Pompéien, à cause du grand éloge qu'il faisait de Pompée.

Peu d'écrivains ont été aussi souvent cités que Tite-Live, dans les ouvrages de la littérature latine. Les deux Sénèque, dont l'un fut son contemporain, et Velleius Paterculus en parlent souvent dans leurs ouvrages. La haine de Caligula pour cet historien, qu'il appelait verbeux, le porta au projet de bannir de toutes les bibliothèques son image et ses écrits; mais Quintilien, qui vivait dans le deuxième siècle de notre ère, le vengea hautement de la haine stupide de ce prince, en le comparant à Hérodote, et en le plaçant à côté de Cicéron. «Sa narration, dit-il, est singulièrement agréable et de la clarté la plus pure. Ses harangues sont d'une éloquence au dessus de toute expression; tout y est parfaitement adapté aux personnes et aux circonstances. Il excelle surtout à exprimer les sentimens doux et touchans, et nul historien n'est plus pathétique.» Tacite n'en parle pas avec moins d'éloge. Au quatrième siècle de notre ère, saint Jérôme et Eusèbe le nomment aussi; le premier, en parlant d'un Espagnol qui, après la lecture de l'Histoire de Tite-Live, était allé exprès de Cadix à Rome pour voir cet historien, et qui, s'en retournant aussitôt après l'avoir vu, s'écria : «C'était sans doute une chose bien extraordinaire, qu'un étranger entrant dans une ville telle que Rome, y cherchant autre chose que Rome même!»

Les écrits de saint Augustin nous apprennent aussi que, pendant ce même siècle, la bibliothèque d'Hippone possédait un Tite-Live. Mais malheureusement les exemplaires des ouvrages de cet historien, qui déjà pouvaient être devenus rares par la haine de Caligula, eurent encore bien plus à souffrir du zèle peu éclairé de Grégoire-le-Grand : ce pape fit brûler toutes les copies de l'Histoire romaine qu'il put trouver, prétendant que les prodiges qu'elle contenait seraient peut-être favorables à la cause du paganisme. Cette barbarie ne put s'étendre à toutes les bibliothèque de la chrétienté; et l'on sait par les citations qui se trouvent dans l'ouvrage d'Isidore de Séville, que les bibliothèques d'Espagne possédaient aussi les Histoires de Tite-Live. Ce même historien figure encore au neuvième siècle dans la bibliothèque de Loup, abbé de Ferrière, et dès le onzième, on voit par le catalogue de la bibliothèque de l'abbaye de Pompose près de Ravenne, que cette collection, quoiqu'alors citée comme très-riche, ne comptait pas plus de soixante-trois volumes, qu'il n'y restait que sept classiques latins, et parmi eux on remarquait un Tite-Live déjà réduit à dix livres seulement, et dont les autres étaient devenus dès-lors l'objet des recherches les plus actives. Enfin, au douzième siècle, le catalogue de l'abbaye de Corbie mentionne aussi un Tite-Live, et c'est à partir de cette époque même, que les copies se multipliant, les manuscrits de cet historien deviennent plus nombreux.

La Bibliothèque royale en possède plus de vingt-cinq; l'un d'eux surtout se distingue par son antiquité et sa belle conservation; il porte le numéro 5730; il est de format in-quarto, sur très-beau vélin, écrit au huitième siècle sur deux colonnes et en lettres onciales; c'est celui qui a fourni le *fac-simile* de notre planche III. Ce précieux volume, composé de 470 feuillets, renferme les livres XXI à XXX. Le commencement du XXIe livre et la fin du XXXe ont été arrachés avant que ce manuscrit parvînt à la Bibliothèque royale.

Un historien aussi marquant que Tite-Live, ne devait pas manquer d'exciter de bonne heure l'attention des traducteurs, et l'intérêt de sa narration de captiver les désirs des princes à une époque où la guerre était une des principales occupations des seigneurs du moyen âge. Ce fut un des premiers classiques qui obtinrent les honneurs de la traduction en français, et cette traduction fut entreprise par ordre d'un roi de France, l'infortuné Jean II. Pierre Berchoire, bénédictin, prieur de Saint-Éloy, fut l'auteur de cette version française, et il la dédia *à prince de très-souveraine excellence, Jean, roi de France.* L'un des successeurs de ce prince, Henri IV, ne rendit pas un moindre hommage au célèbre historien latin, en s'écriant qu'il donnerait une de ses provinces pour la découverte d'une décade de l'Histoire romaine.

L'ouvrage de Tite-Live fut aussi l'une des premières productions de l'imprimerie naissante; et la Bibliothèque royale, si riche en monumens des premiers temps de cette belle invention, possède toutes les éditions rares de cette Histoire romaine. Nous n'en citerons que les deux suivantes, qui sont les premières et les plus rares. — *Titi Livii Historiarum libri qui supersunt, cum epistola Johannis Andreæ episcopi Aleriensis ad Paulum* II *pontificem maximum; Romæ, per Conradum Swoynheym et Arnoldum Pannartz;* absque nota anni, in-fol. — *Titi Livi Historiarum libri, etc.; curis Joan. Ant. Campani; Romæ, per Udalricum Gallum;* absque nota anni. — Ces deux éditions sont jugées antérieures à celle de Vindelin de Spire, exécutées en 1470, et l'on croit généralement que les premières ont été mises au jour vers 1469.

Nous terminons cette Notice par la copie de la version française faite dans le XIVe siècle par P. Berchoire, du fragment figuré sur notre *fac-simile :*

.......Car la ou li consul se retourna de ceste grant desconfiture, de la quelle il estoit cause par la plus grant partie, tous les ordres lui alerent au devant, et lui rendirent graces dont il ne se seoit pas desesperes de la chose publique, tant estoit, a celui temps, la cite de grant couraige, comme il fust aussi dignes de souffrir tous tourmens comme se il eust este ducs et gouverneres des cartagineoys.

Cy fenist le second livre de la seconde decade de Titus Livius, qui est intitulee de la Guerre Punique.

Ci comence li tiers livres de la d̄ie (deuxième) decade.

Hanibal apres la bataille de Cannes oulcive et descoufite, la proye prise, ravie et departie, sen est partis de Paille pour aler en Samne, pour se que uns appelles. Stacius lavoit appelle et requis daler es parties de Hupinie, promettans lui baillier la cite de Compse, bien est voir, car Trebius, qui lors estoit consul de Samne, nobles homes entre les siens, nosoit a se donner adance, pour crainte d'une famille de gens qui estoit en la ville, la quelle estoit montee en grant puissance par grace des Rom̄ains; mais comme ceutz oye la fame de la bataille cannuense et l'avenuement de Hanibal divulge et publie par le dit Trebius, son partissent de la cite de Comps, la ditte ville sans metz debat fut bailliee aus penoys et avecques se la garnison Rom̄aine, qui estoit en se lieu, leur a este renduee. Si laissa Hanibal en cette cite toute sa proye et ses empeschemens et parti son ost. Ilz tramist Magon.......

PLANCHE III.

LECTURE DU MANUSCRIT.

TITI LIVII

de[1] cujus ipse causa ma
xima fuisset redeunti
et obviam itum frequē
ter ab omnibus ordi
nibus sit et gratiae ac
tae quod de rēp.[2] non
desperasset qui cartha
giniensium ductor
fuisset nihil recusan
dum supplicii foret

titi. livii. ab urbe

condita

liber. xxii. explic[3]

incipit. lib. xxiii.

Haec hannibal post can-
nensem pugnam capta
ac direpta confestim
ex apulia in samnium
moverat accitus in hir
pinos a statio pollicen
tes se compsam traditu
rum compsanus erat
trebius nobilis inter
suos set premebat eū
mopsiorum factio fa
miliae per gratiam ro
manorum potentis
post famam cannen
sis pugnae volgatum
que trebi sermonib[4]
adventum hanniba
lis, cum compsam ur
bem excessissent si
ne certamine tradi
ta urps poeno praesi
diumq.[5] acceptum est
tibi praeda omni atq.[6]
impedimentis relic
tis exercitu partito
magonem regionis

TRADUCTION.

Dans cette circonstance même, Rome déploya tant de grandeur d'âme, qu'au retour du consul, après l'affreux malheur dont il avait été la principale cause, tous les ordres de l'état vinrent en corps à sa rencontre, et on lui rendit des actions de grâces pour n'avoir pas désespéré de la république; tandis que, s'il eût été général des Carthaginois, il eût expié sa témérité par toutes sortes de supplices.

Fin du livre XXII.

Livre XXIII.

Annibal, vainqueur à Cannes, après la prise et le pillage des Æcæ, s'était aussitôt porté de l'Apulie dans le Samnium; il passa ensuite chez les Hirpiniens, sur la promesse que lui fit Treb. Statius de lui livrer la ville de Compsa. Ce Trebius, d'une famille illustre dans le pays, était opprimé par la faction des Mopsius, que la faveur de Rome rendait toute puissante. A la nouvelle de la bataille de Cannes, et sur les bruits de l'arrivée d'Annibal, répandus à dessein par Trebius, les Mopsius avaient quitté Compsa; la ville fut donc livrée, sans coup férir, au vainqueur, et reçut garnison carthaginoise : l'on y laissa tout le butin et tous les bagages. A la tête d'une partie de l'armée, Magon. . . . . . .

(Tite-Live, traduction de A. Liez, Dubois, Verger et Corpet, *Bibliothèque Latine-Française*, publiée par C. L. F. Panckoucke; Paris, tomes VIII et IX.)

1. *Clade*. — 2. rep. *pour* republica. — 3. explic. *pour* explicit. — 4. sermonib. *pour* sermonibus. — 5. præsidiumq. *pour* præsidiumque. — 6. atq. *pour* atque.

IXe SIÈCLE

— Manuscrit, n° 7899, Biblioth. royale de Paris. —

TÉRENCE

MANUSCRIT DU IXe SIÈCLE.

TÉRENCE (Publius Terentius Afer), né probablement à Carthage, vers l'an de Rome 562 (192 ans avant Jésus-Christ), mort l'an de Rome 595 (159 ans avant Jésus-Christ), à l'âge de trente-neuf ans. Il fut amené à Rome, comme esclave, et acheté par un sénateur de la famille Terentia; son surnom, Afer, indiquait sa patrie primitive, l'Afrique, d'où il avait été arraché à sa famille par des pirates.

Ses comédies, au nombre de six, l'ont élevé au premier rang parmi les auteurs comiques. La pureté toujours élégante de son style, et la perfection inimitable de sa diction, produisirent une révolution dans la langue latine. La simplicité pittoresque de ses récits, l'intérêt des situations qu'il invente, ou qu'il imite en les perfectionnant, le rendent l'un des auteurs les plus agréables à lire.

Ce fut l'an de Rome 588, qu'il fit représenter la comédie de *l'Andrienne;* puis celle de *l'Heautontimorumenos,* en 591; *le Phormion,* l'année suivante, et *l'Eunuque,* l'an 592. Le succès de cette dernière comédie fut immense, et on la joua à Rome jusqu'à deux fois par jour. Térence mit au théâtre *l'Hécyre* l'an 594; il donna également *les Adelphes* cette même année, et ce fut son dernier ouvrage. Une année après (l'an 595), Térence avait cessé de vivre.

Des ouvrages d'un tel mérite ne pouvaient être ignorés des écrivains romains qui succédèrent à Térence dans la carrière des lettres, soit comme littérateurs, soit comme historiens, et le succès qu'obtinrent ses compositions dramatiques en dûrent rendre les copies très-communes. Les auteurs les plus marquans de l'ancienne latinité ont parlé des ouvrages de Térence; ses drames occupèrent donc une place distinguée non-seulement dans les bibliothèques publiques, mais encore dans les collections particulières des illustres et riches Romains : aussi ces comédies n'ont-elles jamais été perdues.

Pendant les deux siècles qui suivirent sa mort, Varron, Cicéron, J. César et Horace, lurent ses pièces et leur consacrèrent publiquement des éloges; le premier en le comparant à Cécilius et à Plaute, le déclare le meilleur moraliste des trois et le plus habile à conserver les caractères des personnages; le second loue sa philosophie profonde presqu'autant que l'élégance de sa diction. César jugeait Térence plus sévèrement; il ne voyait en lui qu'un *demi-Ménandre*, qui n'excellait que par la grâce du style; enfin, Horace lui attribue, sinon plus de génie, du moins plus d'art qu'à Cécilius.

Vers le commencement de l'ère vulgaire et pendant son premier siècle, Ovide, Velleius Paterculus, Quintilien et Pline le Jeune s'occupèrent également de Térence et reconnurent le mérite de ses ouvrages. Aulu-Gelle, grammairien du deuxième siècle, Eusèbe, chroniqueur de la fin du troisième, et Ausone, célèbre poète du quatrième, en parlent avec de justes éloges. Les comédies de Térence furent donc reproduites par les copistes et les calligraphes sans interruption. Aussi fait-on remonter au quatrième siècle l'antiquité d'un célèbre manuscrit de Térence, conservé à la bibliothèque du Vatican, et dont le *fac-simile* se trouve dans la diplomatique de D. Mabillon, et dans celle des Bénédictins. Nous savons par saint Augustin qu'il existait aussi un autre manuscrit de Térence, à cette même époque, dans la bibliothèque d'Hippone; et les citations de ses comédies dans les écrits de Cassiodore, donnent à penser que ce polygraphe, du sixième siècle, en avait aussi une copie dans sa collection. Enfin au septième, Isidore de Séville indique assez par l'usage qu'il en fait, l'existence des comédies de Térence dans les bibliothèques d'Espagne. A partir de cette époque, les manuscrits deviennent moins rares, et sont même nombreux eu égard au petit nombre de volumes que possédaient alors les bibliothèques des monastères. Les soins que prit l'abbé de Ferrière, vers l'an 850, de demander aux papes, aux évêques d'Angleterre et d'Irlande, de confier à des religieux qu'il faisait voyager à cet effet, les manuscrits des auteurs anciens qu'ils possédaient, pour en faire faire des copies, dut aussi les multiplier, puisque cet usage s'établit dans toutes les abbayes de la chrétienté : les règles des divers ordres religieux prescrivaient, en effet, comme une œuvre agréable à Dieu, la transcription des manuscrits, et aux moines qui ne savaient pas écrire, d'apprendre à les relier.

La bibliothèque du Vatican possède un autre manuscrit de Térence, estimé, du huitième ou du neuvième siècle; les feuillets sont ornés de nombreuses peintures représentant toutes les scènes des comédies, ainsi que les masques scéniques des personnages. Ces sujets sont gravés dans l'édition de Térence publiée à Urbino, en 1736; et le style de ces peintures rappelle tout-à-fait celles du manuscrit de la Bibliothèque royale qui fournit le sujet de notre planche IV, et qui ne le cède ni en beauté, ni en conservation, ni même peut-être pour l'ancienneté au célèbre volume du Vatican; ce qui nous porterait à regarder le manuscrit de Rome comme une production du neuvième siècle.

On compte quarante-deux manuscrits de Térence à la Bibliothèque royale; deux sont du neuvième siècle; l'un avec figures, dont nous parlerons plus bas, et l'autre ne contenant qu'une seule comédie. Quatre autres manuscrits sont du dixième siècle, six du onzième, un du douzième, six du treizième et trois du quatorzième. Un de ces derniers est orné de très-gracieuses peintures où les personnages romains sont travestis sous des costumes du moyen âge, ainsi que cela se remarque dans toutes les productions de cette époque; les autres volumes de Térence sont du quinzième siècle.

Le manuscrit du neuvième siècle, qui a fourni le *fac-simile* que nous donnons planche IV, est de format in-quarto, sur vélin, d'une très-belle écriture. Il porte le numéro 7899 du fonds latin ancien, et il n'a jamais fait partie de la bibliothèque des papes, comme l'annonce par erreur feu M. Schœll, dans son *Histoire de la littérature romaine.* Ce dernier écrivain n'a pas été plus exact en indiquant comme étant du dixième siècle, le manuscrit du Vatican avec figures, et en annonçant que ce manuscrit avait passé de cette bibliothèque dans celle du roi à Paris. Le manuscrit de Rome avec figures date, au plus tard, du neuvième siècle; il n'est jamais venu à la Bibliothèque royale de Paris, et Schœll l'a confondu avec celui dont nous nous occupons.

Le manuscrit de Paris se compose de 176 feuillets, ornés de 149 dessins; les sommaires sont alternativement en lettres rouges et noires. En tête du volume se trouve un portrait de Térence, et les pièces y sont rangées dans cet ordre : 1° *Andria;* 2° *Eunuchus;* 3° *Heautontimorumenos;* 4° *Adelphi;* 5° *Hecyra;* 6° *Phormio.* Le *fac-simile* est tiré de la troisième scène du deuxième acte de *l'Eunuque;* nous y avons conservé l'orthographe originale. C'est le moment où Gnaton fait sa profession de foi, et que Térence a si habilement choisi pour faire une fine satire de son siècle, en mettant en scène ce parasite qui traite de sot celui qui est plein de modestie, et qui appelle homme sage, homme d'esprit, le coquin qui, pour aller à son but, commet toutes sortes de bassesses. Vingt-six ans plus tard, dans sa satire de Tirésias, Horace faisait à peu près le même portrait des Romains de son temps.

La savante madame Dacier, dans sa traduction de Térence (Amsterdam, 1724, 3 volumes in-douze) eut l'heureuse idée de se servir des dessins de notre manuscrit pour orner son édition, et le célèbre Bernart Picart en grava les estampes; mais il plaça les personnages dans des édifices d'architecture moderne. Il manquait donc un bon *fac-simile* de ce précieux monument du neuvième siècle: nous le donnons aujourd'hui pour la première fois et dans toute sa naïveté.

Malgré la supériorité de ses ouvrages, et le goût du moyen âge pour les représentations scéniques, le païen Térence n'a été traduit en français que fort tard. L'imprimerie, au contraire, s'en empara dès son origine.

L'on a cru long-temps que la première édition était sortie des presses d'*Antonius Zarotus* en 1470, et Guill. de Bure, par cette indication dans sa Bibliographie, contribua à propager cette erreur; mais il a été reconnu depuis, que cette édition de Térence, qui portait manuscrite la date de 1470, ne fut imprimée que postérieurement à cette même année. On considère donc comme la véritable édition *Princeps* du poète dramatique latin, celle de 1471, donnée à Venise, par Jean de Cologne. Elle est très-rare, et fort recherchée des curieux: notre Bibliothèque en possède aujourd'hui un bel exemplaire.

L'influence de la littérature grecque sur la langue latine se remarque surtout dans les ouvrages de Térence. Les prédécesseurs de notre poète comique s'étaient appliqués seulement à faire passer dans la langue latine ce qu'on admirait le plus dans le grec; mais ces productions, toutes belles qu'elles étaient, assujettissaient toujours l'esprit du poète au génie et aux pensées de l'original, et tout leur mérite consistait à enrichir la langue latine et à donner les premières idées de la vraie poésie. Térence, le premier, tira la littérature latine de ces bornes étroites; il comprit aussi qu'une langue qui n'avait ni la douceur ni la pureté du grec, ne pouvait ni rendre ni supporter la simplicité que l'on remarquait dans les comédies grecques : le premier donc il se détermina à fondre deux comédies ensemble, pour en composer une qui ait plus de vie et plus d'action. Cette singularité se remarque dans *l'Andrienne*, pièce imitée de deux comédies de Ménandre (*Andria* et *Perinthia*). *Les Flatteurs* de Ménandre fournirent encore à notre poète latin le caractère de deux personnages de *l'Eunuque* (Gnathon et Thrason). Cette comédie de Térence est cependant regardée comme originale et elle rapporta à son auteur 8000 sesterces (environ 1500 francs), que l'on regardait comme un prix si extraordinaire, que l'on en fit mention dans le titre de la pièce. Enfin Ménandre et Apollodore ont également servi à Térence pour ses comédies.

L'influence, que nous venons de faire remarquer, de la littérature grecque sur celle de Rome, se retrouve aussi pour la littérature latine sur les écrivains français, et il y a en France des imitateurs de Térence comme on trouvait à Rome les imitateurs du théâtre grec. Parmi nos écrivains comiques, Molière lui-même suit Térence dans *l'École des pères,* qui est tirée des *Adelphi,* et dans *les Fourberies de Scapin,* imitée du *Phormio;* enfin, l'on cite encore parmi les autres imitateurs de Térence, dans la littérature française, Baron, La Fontaine et Bruéys. Il n'y a, du reste, pour la Grèce et pour Rome, que le privilège de la priorité de civilisation, et c'est là, en toute vérité, le plus légitime des privilèges.

PLANCHE IV.

LECTURE DU MANUSCRIT.

EUNUCHUS.

GNATHO PARASITUS	PARMENO SERVUS

GNA. Dii inmortales·[1] homini homo quid praestat· stul
to intellegens
Quid interest· hoc adeo· ex hac revenit himentem[2] mihi.
Conveni hodie adveniens quendam[3] mei loci.
hinc atq: ordinis
Hominem· haut inpurum· iidē· patria qui· abli
gurrierat bona
Video sentum· squalidum· aegrum· pannis annisq: obsitum
Quid istut inquam ornati est· quoniam miser quod
habui perddi.[4]

L'EUNUQUE.

GNATHON PARASITE	PARMÉNON ESCLAVE

GNATHON. Quelle distance, grands dieux! d'un homme à un autre homme! d'un sot, par exemple, à un homme d'esprit! Voici à propos de quoi je fais cette réflexion. — A mon arrivée ce matin, dans cette ville, je rencontre un homme de mon pays et de ma classe; un bon vivant, dont l'avarice n'était pas le défaut, et qui, comme moi, a mangé tout son patrimoine. Je le retrouve crasseux, malpropre, tout défait, couvert de haillons, et chargé d'années. « Oh! oh! qu'est-ce ci, lui dis-je ; et que signifie cet équipage? — Que j'ai perdu tout ce que j'avais. »

(TÉRENCE, traduction de M. Amar, *Bibliothèque Latine-Française*, publiée par C. L. F. Panckoucke, Paris; tome 1er, page 249.)

1. inmortales *pour* immortales. —— 2. himentem *pour* in mentem. —— 3. quendam *pour* quemdam. —— 4. perddi *pour* perdidi.

Xe SIÈCLE

— Manuscrit, n° 7971, Biblioth. royale de Paris. —

HORACE

MANUSCRIT DU Xe SIÈCLE.

Horace (Quintus Horatius Flaccus), né à Venosa, en Apulie, sur les confins de la Lucanie, le 8 décembre 689 de Rome (65 ans avant l'ère chrétienne), mort à l'âge de cinquante-sept ans, l'an de Rome 746.

Horace nous a transmis lui-même sa biographie dans ses ouvrages : aussi connaît-on parfaitement, et dans les plus grands détails, toutes les circonstances de sa vie intérieure. On sait qu'il était fils d'un affranchi de la maison des Horaces, dont la profession était celle d'huissier aux ventes publiques. Son père le conduisit à Rome pour y étudier; il devint ensuite tribun dans l'armée de Brutus, l'an de Rome 711, et retourna dans sa patrie deux ans après. Il dut à la protection de Virgile d'être recommandé à Varus et à Mécène. Ce dernier lui accorda son amitié et lui offrit une maison de campagne; il s'y retira l'an 716 de Rome, et, l'année suivante, Horace, Virgile, Mécène, Plotius et Varus firent ensemble un voyage à Brindes. Tous ces détails sont consignés dans les ouvrages d'Horace : la septième ode du second livre, la satire v du premier, et l'épître xvi du premier livre des Épîtres, sont plus spécialement consacrées aux évènemens de sa vie.

Horace livra d'abord au public son premier livre des Satires (*Sermones*), qui parurent l'an de Rome 718; puis, deux ans après, de Rome 720, l'ode au vaisseau qui portait Virgile. Le deuxième livre de ses Satires et l'ode *Quem virum aut heroa* parurent l'un en 722 et l'autre en 730 de Rome. Pendant les années 733 à 736, Horace donna successivement les deux premiers livres de ses

Odes, son ode *Cœlo tonantem,* le premier livre de ses Épîtres et le troisième de ses Odes. Trois ans après, en 739, il publia son *Art poétique;* en 740, les odes *Qualem ministrum, Dives orte bonis* et *Quæ cura patrum.* Le quatrième livre des Odes fut le dernier ouvrage d'Horace : il parut en 744, et le poète mourut deux ans après.

Horace posséda au suprême degré l'art d'intéresser son lecteur; son langage est pur, élégant et le modèle de l'urbanité; son rhythme lyrique est parfait; sa pensée est vive, juste, gracieuse, profonde, et assaisonnée des inspirations d'une douce philosophie pratique; ses poésies, qui comprennent moins de dix mille vers, ont suffi pour lui faire assigner la première place parmi les poètes latins. Ses ouvrages n'ont jamais été perdus; toutefois les écrivains contemporains en parlent rarement, et plus rarement encore avec éloge, ce qu'on a attribué à l'envie que dut exciter ce talent supérieur. Ovide est un de ceux qui le citent. Parmi les écrivains du premier siècle de l'ère chrétienne, Lucain et Perse en parlent quelquefois dans leurs écrits; Martial et Quintilien durant le deuxième siècle; Ausone, saint Jérôme pendant le quatrième, et Sidoine Apollinaire pendant le cinquième, lui accordent aussi quelques mots d'éloges. Ce dernier, poète et prosateur chrétien, nous apprend, de plus, qu'il existait, de son temps, un manuscrit des œuvres d'Horace parmi ceux de la bibliothèque que le préfet Tomance Ferréol avait assemblée dans sa maison sur les bords du Gardon, près de Nîmes. Les citations d'Horace que l'on trouve en parcourant les ouvrages de Cassiodore et ceux d'Isidore de Séville, prouvent également que ces deux écrivains, l'un du sixième siècle, et l'autre du commencement du septième, connaissaient des manuscrits d'Horace. L'abbé de Ferrières, qui posséda l'une des plus riches collections du neuvième siècle, en avait aussi une copie. On sait encore que pendant le dixième siècle l'abbé d'Altona se fit représenter en tête d'un manuscrit, consacrant à saint Étienne les ouvrages de notre poète; et l'on cite une semblable dédicace adressée en quatre vers à saint Benoît, patron de l'abbaye de Fleury : ces espèces d'offrandes se faisaient en déposant sur un autel le livre que l'on donnait à l'abbaye. Enfin, on fait remonter au même temps l'ancienneté de plusieurs manuscrits déposés à la Bibliothèque du Roi, ainsi que celle d'un manuscrit du célèbre Pithou, qui a passé après sa mort dans le monastère des Pères de l'Oratoire de Troyes [1].

La Bibliothèque du Roi possède environ cinquante manuscrits d'Horace plus ou moins complets : de ce nombre cinq sont du dixième siècle, quatre du onzième, huit du douzième, sept du treizième et six du quatorzième siècle; les autres sont du siècle suivant. Parmi ceux du dixième siècle, celui qui a servi à

[1] *Voyage littéraire de deux Bénédictins;* Paris, 1717, in-4°; t. 1er, p. 94.

notre planche v, et dont nous donnerons la description plus bas, est à tous égards le plus remarquable de nos manuscrits du poète latin. Parmi ceux du onzième siècle, on doit surtout citer le volume numéroté 592 du *Supplément latin*, et un autre qui porte le numéro 7975 du *Fonds du Roi*. Ce dernier contient tous les ouvrages d'Horace avec des scolies. C'est un très-beau volume in-quarto, sur vélin, et dont la reliure historiée annonce qu'il a appartenu au roi Henri II, dont le chiffre royal accompagne celui de la célèbre Diane de Poitiers.

Les œuvres d'Horace n'ont été traduites que fort tard, et il n'existe pas à la Bibliothèque du Roi de version ancienne de ce poète. Il n'en a pas été de même pour les éditions : l'imprimerie naissante s'empressa de reproduire ces admirables écrits. L'édition *Princeps* de ce poète est de Milan, 1470, et il en existe un exemplaire à notre Bibliothèque royale. On en connaît aussi une autre de la même année, avec ce titre : *Sermones Oratii* (sic), en caractères gothiques : celle de Parme, 1473, par *Antonius Zarotus*, est également fort rare, et très-recherchée malgré son incorrection. Alde l'ancien fut le premier éditeur qui s'occupa de la critique du texte et de la collation des manuscrits. Estienne Muret, G. Fabricius, suivirent l'exemple donné par Alde; mais la première édition véritablement critique qui parut, fut celle de Lambin. Enfin, on ne doit pas oublier celle de Rome faite en 1811 par Carlo Fea, ni le petit chef-d'œuvre typographique sorti des presses d'Henri Didot (Paris, 1828). Cette dernière édition complète d'Horace offre aux admirateurs passionnés de ce poète la faculté de pouvoir le porter toujours avec eux sans en être embarrassés, car le volume n'a que trente-une lignes de hauteur sur dix-neuf de largeur, et quatre d'épaisseur.

Le manuscrit qui a servi au *fac-simile* de notre planche v, porte le numéro 7971 ; il est de format in-quarto, sur vélin, et contient 221 feuillets dorés sur tranche. La forme des caractères de l'écriture est celle du dixième siècle. Le titre de l'ouvrage, ceux des différentes pièces de poésie et les lettres capitales sont en encre rouge; les marges et les interlignes sont surchargées de commentaires. Ce volume est du nombre de ceux qui ont été reliés sous le règne du roi Charles IX, comme l'indiquent les armes de ce prince et les initiales *CC* entrelacées. On lit sur un ancien feuillet ces mots qui paraissent avoir été écrits vers le treizième siècle : *Iste liber est sti* (sancti) . . . . . . *nisi qui eum furatus fuerit vel sustraxerit anathema sit.* Le nom propre *Herbertus* est aussi plusieurs fois écrit sur le même feuillet, au verso duquel on lit encore : *Constancius malus puer sive bonus — liber sancti Benedicti abbatis monasterii floriacensis — quem si quis furatus fuerit damnatus sit cum Juda proditore, Anna et Caipha.* Ces lignes, et d'autres qui se trouvent au troisième feuillet, et dont nous parlerons aussi, peuvent servir à indiquer dans quelles bibliothèques ce volume a passé successivement. Le premier feuillet porte en divers endroits un numéro différent; le nombre DCCCCLXXXII est probablement celui que le manuscrit reçut à son entrée dans la Bibliothèque du Roi; aux anciens catalogues il est signalé sous le numéro 1072; on lui donna ensuite le numéro 5596; enfin le numéro 7971 est celui qu'il porte depuis l'année 1744.

On lit sur ce même feuillet un commentaire de la première ode. Au verso du second feuillet se lit le titre suivant : Q. HORATII FLACCI CARMINUM LIBER PRIMUS INCIPIT. *Hac ode Mecenatem alloquitur.* Une partie de ce titre est reproduit en tête de notre planche v. Le troisième feuillet contient l'ode première *Mecenas atavis edite regibus;* et en tête de cette page se voient les quatre vers que nous allons rapporter, et qui serviront aussi à l'histoire de notre manuscrit[1] :

Hic liber est, Benedicte, tuus, venerande, per aevum;
  Obtulit Herbertus servus et ipse tuus
Quem tibi scē pater tali pro munere poscens[2],
  Liber ut aeternam possideat patriam[3].

Le *liber secundus Sermonum* est, dans ce manuscrit, le dernier des ouvrages d'Horace. Enfin ce précieux volume, qui contient les œuvres complètes de l'illustre poète, est terminé par une *Annotatio sive digestio carminum præcedentis libri, qualiter scandi debebant,* qui se lit aux feuillets 214 à 219. Les feuillets 220 et 221 sont occupés par un écrit en prose intitulé : *Vita poetæ.*

Nous avons cité plus haut la singularité d'un manuscrit d'Horace de l'abbaye de Fleury, consacré à saint Benoît, pendant le dixième siècle, par une dédicace[4] en quatre vers latins. Ceux que nous venons de rapporter auront sans doute rappelé cette circonstance, et la coïncidence d'âge de notre manuscrit avec celui du volume de cette abbaye nous a naturellement porté à examiner si le nôtre serait un second exemple d'une offrande aussi singulière, ou si plutôt le manuscrit de l'abbaye de Fleury ne serait pas celui même que l'on voit aujourd'hui à la Bibliothèque du Roi sous le numéro 7971. Nos doutes ont été promptement levés, et l'identité du manuscrit de Fleury avec celui de la Bibliothèque du Roi nous a été démontrée par ces mots : *Liber sancti Benedicti abbatis monasterii floriacensis,* qui font partie de l'anathème dont on menace celui qui serait tenté de dérober ce volume, et dont nous avons déjà rapporté les termes plus haut. Quant aux lignes qui se trouvent sur l'ancien feuillet servant de garde, elles constataient aussi probablement l'existence

[1] Ils sont d'une écriture moins ancienne que celle du corps du manuscrit.

[2] Ce vers est écrit en une ligne verticale, et les lettres sont superposées l'une sur l'autre.

[3] Ce dernier vers est écrit au bas du feuillet.

[4] Cette dédicace ou offrande a été lue par Vanderbourg, qui la rapporte dans sa Notice des manuscrits d'Horace, et il ajoute : « Il ne s'agirait peut-être, pour tirer parti de l'inscription et du vers, que de trouver *quelque Benoît* abbé de cette abbaye, et parmi des contemporains quelque seigneur des environs nommé Herbert. » Pour un traducteur d'Horace, l'explication est assez naïve; quant aux lettres onciales du manuscrit dont parle également Vanderbourg, nous pouvons assurer qu'il n'y en a pas même une seule qui approche de cette forme.

du même manuscrit dans l'abbaye de Fleury, à une époque plus moderne; la première ligne étant en partie effacée, il nous a été impossible de lire ce qu'elle contenait.

Comment ce précieux volume est-il passé de l'abbaye de Fleury dans la Bibliothèque du Roi? On sait que la bibliothèque de ce monastère fut pillée en 1562, pendant les guerres de religion. Pierre Daniel, avocat à Orléans et bailly de Fleury, s'empara des livres qui restaient, pour les remettre, disait-il, au cardinal de Chastillon, abbé de ce monastère. Après la mort de Daniel, les manuscrits furent vendus à Pétau et à Bonghard. La partie achetée par Bonghard passa plus tard dans la bibliothèque du prince Palatin; et le duc de Bavière s'étant emparé en 1622 de la ville de Heidelberg, il se saisit de la bibliothèque du prince, et en fit présent au pape Grégoire XV, qui la mit au Vatican. Quant à l'autre partie, celle qui était restée entre les mains de Pétau, elle fut vendue par ses héritiers à la reine de Suède, Christine, qui les porta à Rome, et qui, en mourant, la légua au Pape. La plus grande partie de la bibliothèque de Saint-Benoît de Fleury est donc aujourd'hui au Vatican. Il est probable que notre manuscrit fut du petit nombre de ceux qui échappèrent à P. Daniel, et qu'il arriva immédiatement après la destruction de cette abbaye dans la Bibliothèque du Roi. Du moins, c'est ce que paraît indiquer le chiffre de Charles IX qui est sur la reliure en bois.

Mais l'ancienneté de notre manuscrit et la singularité que nous venons de signaler ne sont pas ce qui le rend le plus précieux à nos yeux; il se recommande, à tous égards, à l'étude et à la vénération des savans, sous un rapport autrement important; car ce ne fut point un copiste vulgaire qui composa ce volume, mais bien un des érudits les plus distingués du dixième siècle, un élève de Gerbert qui donna tant de célébrité à l'école de Reims; école fameuse, d'où sortirent Fulbert, Adalberon, Brunon de Langres, Girard de Cambray, et notre Herbert lui-même.

Dans la dédicace à saint Benoît, Herbert s'en déclare l'auteur[1], et il l'offre à ce saint qui préside à l'ordre religieux auquel il s'est voué, *ut aeternam possideat patriam.* Cet Herbert fut plus tard abbé de Lagny et le restaurateur de cette abbaye dévastée par les Normands[2]. Herbert mourut en l'an 992 ; et de son vivant il ne le « cédait à personne en fait de littérature sacrée et profane[3]. »

Le volume que nous venons de décrire, et qui a fourni notre *fac-simile,* peut donc être regardé comme le plus précieux manuscrit d'Horace que possède la Bibliothèque du Roi, et on peut le ranger parmi les plus célèbres manuscrits anciens qui existent dans ce vaste établissement.

[1] On distingue deux mains différentes dans l'écriture : l'une explique le texte, l'autre ajoute les variantes et les commentaires; et l'érudition déployée dans les dernières notes ne laisse pas douter qu'elles ne soient l'œuvre plus spéciale d'Herbert.

[2] *Annal. ordin. sancti Benedicti,* t. IV, p. 78.

[3] *Histoire littéraire de la France*, t. VI, p. 575.

PLANCHE V.

LECTURE DU MANUSCRIT.

Q. HORATII
FLACCI
CARMINUM
LIBER PRIMUS.

Mecenas atavis edite regibus
O et presidium. et dulce decus meum,
Sunt quos curriculo pulverem olympicum
Collegisse juvat, metaq. fervidis — De Athletis
Evitata rotis. palmaq. nobilis
Terrarum dominos evehit ad deos,
Hunc si mobilium turba quiritium
Certat ter geminis tollere honoribus,
Illum si ꝑprio condidit horreo, — De agricultoribus
Quicquid de lybicis verritur areis
Gaudentem patrios findere sarculo
Agros. attalicis condicionibus
Nunquam dimoveas. ut trabe cypria
Myrtoum pavidus nauta secet mare;
Luctantem icareis fluctibus africum — De mercatorib;
Mercator metuens, ocium et oppidi
Laudat rura sui mox reficit rates
Quassas indocilis pauperiem pati;
Est qui nec veteris pocula massici.

TRADUCTION.

ODES D'HORACE,

LIVRE PREMIER.

Mécène, fils des rois, ô mon appui, mon bonheur et ma gloire! tu le sais, des mortels élancés sur un char rapide, soulèvent la poussière des champs d'Olympie, et de leur brûlante roue effleurant la borne qu'ils évitent, recueillent la noble palme qui les élève jusqu'aux dieux, dominateurs du monde.

Ceux-ci, avides de captiver la faveur populaire, montent triomphans aux suprêmes honneurs. D'autres entassent, joyeux, dans leurs vastes greniers, les moissons de la féconde Libye.

L'ami des champs cultive dans une douce paix la terre paternelle; et, dans son timide bonheur, tous les trésors d'Attale ne le contraindraient pas à franchir, même sur un vaisseau de Chypre, le plus faible détroit.

Le marchand, effrayé de la lutte des flots Icariens et des vents de l'Afrique, exalte le repos de la cité et le calme des champs; mais bientôt, indocile au joug de la pauvreté, il dispose ses vaisseaux à braver la tempête.

L'un remplit sa coupe d'un vieux et savoureux Massique......

(Horace, traduction de M. De Pongerville, *Bibliothèque Latine-Française*, publiée par C. L. F. Panckoucke; Paris, tome 1er.)

Q HORATII FLACCI CARMINUM LIBER PRIMUS

MECENAS ATAUIS EDITE REGIBUS
O & presidium & dulce decus meum.
Sunt quos curriculo puluerem olympicum
Collegisse iuuat, metaq. feruidis DE ATHLETIS
Euitata rotis. palmaq. nobilis
Terrarum dominos euehit ad deos
Hunc si mobilium turba quiritium
Certat tergeminis tollere honoribus.
Illum si proprio condidit horreo DE AGRICULTORIBUS
Quicquid de lybicis uerritur areis
Gaudentem patrios findere sarculo
Agros. attalicis condicionibus
Nunquam dimoueas ut trabe cypria
Myrtoum pauidus nauta secet mare;
Luctantem icareis fluctibus africum DE MERCATORIB.
Mercator metuens otium et oppidi
Laudat rura sui mox reficit rates
Quassas indocilis pauperiem pati;
Est qui nec ueteris pocula massici

XIe SIÈCLE

— Manuscrit, n° 7930, Biblioth. royale de Paris. —

VIRGILE

MANUSCRIT DU XIe SIÈCLE.

VIRGILE (Publius Virgilius Maro), né à Andes, l'an de Rome 684 (70 ans avant Jésus-Christ), mort à Brindes ou à Tarente, le 22 septembre, 735 de Rome.

Si l'on pouvait comparer ensemble deux poètes qui appartiennent à deux époques et à deux civilisations différentes, on pourrait dire que Virgile est, après Homère, le plus parfait génie poétique de l'antiquité.

Aucune langue moderne n'a rien produit qui puisse être mis à côté des chefs-d'œuvre qu'il nous a laissés; et de tous les poètes qui ont pris rang dans la littérature des différens peuples depuis Virgile, aucun d'eux n'est arrivé à traiter, avec le même succès, la pastorale, le poëme didactique et l'épopée; à réunir, au même degré, l'énergie à la concision dans le langage, et à exprimer avec autant d'exactitude tant de pensées délicates, gracieuses ou sublimes. Notre Racine seul approcha de toutes ces perfections en s'essayant à les imiter.

Virgile, quoique né dans une condition infime, reçut cependant une éducation soignée à Crémone et à Milan. Ce fut vers l'année 709 de Rome qu'il publia sa deuxième églogue *Alexis,* qui est la première dans l'ordre des temps, et, dans les sept années qui suivirent, les autres ouvrages du même genre; d'abord *Palæmon,* la troisième, *Tityre* et *Daphnis,* la première et la cinquième, dans l'an de Rome 713, époque du premier voyage de Virgile à Rome; puis la neuvième *Mœris,* la quatrième *Pollio* et la sixième *Silenus,* et l'an 715 la septième *Me-*

libœus, et *Gallus* la dixième. C'est aussi vers ce temps, 717 de Rome, que, de l'avis des grammairiens, Virgile commença ses *Géorgiques,* et il les acheva après huit années consécutives de travail et de veilles. Dix années après, 735 de Rome, il voulut mettre la dernière main à son *Énéide;* mais cherchant à se pénétrer plus profondément de son modèle et à s'éclairer par l'étude des lieux, il entreprit un voyage en Grèce, dans le but de passer sur le théâtre de l'*Iliade* trois années entières. L'empereur Auguste, qui visitait la Grèce à cette époque, rencontra Virgile à Athènes, et l'engagea à renoncer à son voyage et à retourner à Rome. Virgile voulut cependant voir encore Mégare, et ce fut dans cette ville qu'il sentit les premières atteintes d'une maladie qui ne fit qu'augmenter pendant la traversée, et il mourut peu de jours après avoir débarqué à Brindes ou à Tarente : c'était le 22 septembre de l'an de Rome 735.

Dans ses derniers jours, il avait demandé que son corps fût transporté à Naples, sa ville chérie, et l'empereur donna les ordres nécessaires pour que la volonté du poète fût accomplie; son tombeau fut placé sur la route de Pouzzoles, entre Naples et le second milliaire, à l'entrée d'une grotte; et l'épitaphe en deux vers que Virgile avait composés pour lui-même, dans les derniers temps de sa vie, n'y fut point oubliée : on reconnaît encore ce tombeau sur un des côtés du mont Pausilippe. Pline raconte que le poète Silius Italicus avait acheté, par dévotion à la mémoire des deux grands écrivains, la *villa* de Virgile et celle de Cicéron[1], et que ce fut au tombeau de Virgile qu'il alla s'inspirer. Martial a consigné dans ses vers ces pieux hommages du poète historien de la seconde guerre punique. On a néanmoins cherché quelque temps le tombeau de Virgile; il a fallu consulter les notions laissées par Servius Stace, les traditions du monastère de *S. Maria Pie-di-Grotta,* voisin des ruines du tombeau, les chroniqueurs de Naples, et c'est Pétrarque qui a fondé la foi commune sur le lieu précis où reposèrent autrefois les cendres de Virgile. Un laurier né spontanément sur ces ruines ne permet plus le doute, et les voyageurs qui viennent y honorer la mémoire du poète, respectent traditionnellement ce laurier merveilleux, et n'en prennent les feuilles qu'avec une bien louable parcimonie.

Parmi les divers poëmes qui ont immortalisé le nom de Virgile, l'*Énéide* n'occupe pas le premier rang, quoique cette épopée soit la plus parfaite que l'on connaisse, après les ouvrages d'Homère, qui n'ont été surpassés par aucune composition du même genre. L'*Énéide* ressemble à la fois à l'*Iliade* et à l'*Odyssée;* mais elle est inférieure à plusieurs égards à l'*Iliade.* Celle-ci a sur le poëme latin l'avantage que tout original a sur ses imitations; toutefois les défauts de la copie sont sensiblement rachetés par un grand nombre de beautés de détail.

[1] Virgile possédait aussi à Rome une maison contiguë aux jardins de Mécène.

Disons plus, il ne faut pas trop s'appesantir sur la comparaison de deux ouvrages d'une facture si différente et composés pour deux peuples si diversement policés : les grâces mignardes et recherchées de Virgile auraient peu touché les Grecs du dixième siècle avant l'ère vulgaire; et à des hommes d'une nature approchant de celle des héros du poëme, il fallait des pensées plus fortes, et des traits autrement hardis, que pour la bonne compagnie de Rome au siècle d'Auguste. Homère et Virgile diffèrent bien plus pour la grandeur, l'élévation de leurs compositions, pour l'éclat des pensées, la vigueur des opinions, que ne le font Corneille et Racine : chacun d'eux s'inspira aux idées et aux formes sociales de son temps.

On dit que, mécontent de son ouvrage, auquel il ne put pas mettre la dernière main, Virgile, en mourant, en avait ordonné la destruction; mais ses amis obtinrent la révocation de cet ordre. L'*Énéide* fut donc publiée telle que son auteur l'avait laissée; Lucius Varius et Pollutius Tucca se conformèrent à la promesse qu'ils avaient faite à Virgile, au moment de sa mort, de ne rien ajouter à ce poëme.

Mécène engagea, dit-on, Virgile à composer ses *Géorgiques;* les quatre livres de ce poëme didactique sont les plus accomplis que l'on connaisse : c'est dans cet ouvrage que Virgile montre tout son génie. Il est difficile de traiter avec plus de clarté un pareil sujet, et de l'orner plus heureusement de toutes les beautés et de toutes les grâces de la poésie. Virgile commença cet ouvrage à l'âge de trente-quatre ans, et il ne cessa de le corriger pendant tout le reste de sa vie.

La poésie bucolique fut introduite dans la littérature latine par Virgile. Il a cherché à imiter Théocrite dans ce genre de composition; toutefois les dix églogues qui nous sont parvenues n'ont pas été produites dans l'ordre où elles sont placées dans les copies imprimées. Virgile avait vingt-six ans lorsqu'il les commença; à cette époque, il était inconnu à Asinius Pollio, ainsi qu'aux autres grands personnages de Rome, et ce fut, dit-on, la solitude de sa demeure champêtre qui lui inspira l'idée d'imiter le poète grec.

La perfection des ouvrages de notre poète les préserva de l'oubli; on les trouve cités sans interruption depuis qu'ils furent rendus publics à Rome; et parmi les plus anciens manuscrits latins venus jusqu'à nous, il y en a plusieurs qui contiennent les ouvrages de Virgile.

Ses contemporains ne manquèrent pas de consacrer quelques lignes à sa juste renommée, et de ce nombre sont Horace et Ovide. Pendant le premier siècle de l'ère chrétienne, les écrits de Virgile ne furent pas moins soigneusement étudiés, et on en trouve des témoignages dans les écrits de Properce, de Velleius Paterculus, de Stace et de Martial. Au commencement du siècle suivant, Pline et Juvénal citent également les vers de cet immortel poète.

L'on considère comme antérieur au quatrième siècle de notre ère le célèbre manuscrit de Virgile qui appartient aujourd'hui à la bibliothèque du Vatican, et qui avait autrefois fait partie de la bibliothèque de l'abbaye de Saint-Denis en France. Un second manuscrit de Virgile, non moins célèbre par l'ancienneté de son écriture, qu'on dit aussi du quatrième siècle, que par les belles peintures dont il est orné [1], fait encore partie de la bibliothèque du Vatican, et il atteste par les corrections des réviseurs, écrites sur les marges, avec quels soins on s'appliquait, dès cette époque, à reproduire les œuvres de Virgile dans leur plus parfaite exactitude. Du reste, les citations des textes du poète, qu'on lit dans les écrits d'Ausone et de saint Jérôme, démontrent qu'il ne leur fut pas inconnu.

Il en est de même pour les siècles suivans, et des monumens paléographiques d'un grand intérêt nous montreront que les ouvrages de ce même poète n'ont point cessé de faire partie des collections de livres qui furent formées, en très-petit nombre il est vrai, pendant le cinquième siècle. Dès-lors on touche presque à l'époque où les manuscrits de tout genre deviennent si nombreux, que l'on peut considérer la conservation des ouvrages classiques de l'antiquité comme assurée jusqu'au moment où l'imprimerie propagera à tout jamais des chefs-d'œuvre qui attendent encore des rivaux.

Au cinquième siècle, deux très-précieux manuscrits de Virgile occupent la première place au milieu des autres monumens de la même époque. L'un fait aussi partie des collections du Vatican, où il est coté *manuscrit Palatin*, n° 1631. L'autre, encore plus célèbre, est de la fin du même siècle; c'est le Virgile de Médicis conservé à Florence. Il fut corrigé par le consul Turcius Ruffius Apronianus Asterius, et l'on croit que l'année 498 de l'ère chrétienne fut celle où le consul fit son travail sur ce beau manuscrit.

D'autres témoignages fort nombreux attestent que Virgile fut aussi très-connu pendant le sixième siècle : et tout d'abord Jornandès, qui en affirme l'existence à cette époque dans les bibliothèques des Goths, peuple chez lequel l'étude des lettres ne fleurissait que depuis deux cents ans. Les nombreuses citations de Cassiodore confirment encore l'existence du poète latin chez le même peuple; enfin, les témoignages de saint Augustin, de Lactance, de Lampride, d'Ammien Marcellin, de Macrobe, etc., indiquent que les œuvres de Virgile se trouvaient alors partout.

Pendant le septième siècle, les études se ralentirent, et furent généralement négligées jusqu'à ce que la toute-puissance de Charlemagne vint enfin tout ranimer, et favoriser aussi les travaux littéraires. De nombreux monumens, exécutés pendant son règne, font encore aujourd'hui l'admiration des savans, et sont étudiés

[1] Ces peintures ont été gravées à Rome par Pietro Santo-Bartoli, publiées en 1742, et dédiées au pape Benoît XIV par Jean Dominique Campiglia. *Voyez* sur ce célèbre manuscrit la Préface de Bottari.

soigneusement comme témoins irrécusables de l'éclat de son règne et de la munificence de ce prince envers les lettres.

Toutefois, Virgile n'avait pas été universellement oublié dans le septième siècle; Isidore de Séville le compulse fréquemment, et indique ainsi l'existence de cet auteur dans les bibliothèques d'Espagne avant l'invasion des Maures. On sait encore que, pendant ce même siècle, les commentaires d'Asper sur Virgile étaient communs dans plusieurs collections.

Au huitième siècle, parmi les témoignages qu'invoque fréquemment le saint apôtre des Saxons occidentaux, Aldhelme, on remarque celui de Virgile et de plusieurs autres auteurs de l'antiquité profane : on trouvait alors dans Virgile des prophéties favorables au christianisme. Un manuscrit de ses poëmes, estimé du huitième siècle, existe aussi dans la bibliothèque du Vatican.

Pendant le siècle suivant, le neuvième, Loup, abbé de Ferrière, si soigneux à rechercher les bons livres et à les introduire en France, possédait aussi un Virgile; enfin, c'est à ce même siècle que l'on fixe l'âge de deux manuscrits du *Cygne de Mantoue*, conservés à la Bibliothèque royale de Paris. Cette même bibliothèque en possède huit autres du siècle suivant, le dixième; et c'est au onzième siècle qu'appartient le genre d'écriture du manuscrit qui a fourni le *fac-simile* de notre planche VI; il y en a trois autres du même temps dans la même bibliothèque.

C'est pendant les siècles suivans, que les manuscrits de Virgile paraissent s'être le plus multipliés : dans le courant du douzième siècle, la bibliothèque du monastère de Corbie en possédait sept exemplaires; plusieurs manuscrits de ce même siècle se reconnaissent aussi parmi ceux de la Bibliothèque royale; on compte également, dans cette dernière collection, sept volumes du treizième siècle et une dizaine du siècle suivant. Le nombre total des manuscrits de Virgile appartenant à la Bibliothèque royale est de plus de quatre-vingts.

Le *fac-simile* figuré sur notre planche VI est tiré du manuscrit n° 7930 de l'ancien fonds latin (feuillet 101, *verso*). Ce manuscrit est de format in-folio, sur beau vélin; on y trouve quelques lettres capitales ornées, et il contient :

1°. *P. Virgilii Maronis Eclogæ, Georgica et Æneis;*
2°. *Vita Virgilii;*
3°. *Moretum carmen quod Virgilio tribuitur;*
4°. *P. Ovidii Nasonis somnium;*
5°. *Altercatio nani et leporis;*
6°. *Explicationes quarumdam vocum græcarum;*
7°. *Fragmentum de Talento.*

De nombreux commentaires surchargent les pages de ce texte de Virgile, et les titres des pièces y sont écrits en encre rouge. Deux espèces de mappemondes sont figurées au *verso* du feuillet 28; et l'on remarque surtout au feuillet 264, *verso*, les deux vers suivans inscrits en tête de ce feuillet, d'une encre plus noire et d'un caractère plus gros que ceux du reste du volume, et qui sont évidemment d'une main étrangère :

Gerberti laudem replicat liber iste per orbem,
Quem solum nostris contulit armariis.

Ces mêmes vers se trouvent répétés à la fin du dernier feuillet de notre manuscrit. Enfin, on lit aussi sur le feuillet qui sert de garde : *Karolus dux Aquitaniæ,* 1469; et au dessous, avec une signature, *K. dux Franciæ.*

L'état du manuscrit, comme aussi les caractères de son écriture, indiquent qu'il fut écrit vers le onzième siècle.

Quant aux deux vers que nous venons de rapporter, ils pourront peut-être servir à donner, à l'origine de notre manuscrit, une certaine illustration dont il nous paraît digne à tous égards.

Le nom de Gerbert, qui se trouve dans les vers précités, rappelle un des personnages les plus illustres dans la littérature des dixième et onzième siècles.

Ce fut Gerbert, moine d'Aurillac, qui, par son puissant génie, renouvela l'étude des lettres; l'école qu'il avait fondée à Reims n'est pas moins restée célèbre pour l'admirable talent du professeur, que pour les élèves renommés que Gerbert y forma; et son érudition dans la connaissance des auteurs profanes n'a pas moins illustré son nom, que celle qu'il a montrée dans les lettres sacrées. Ce savant prélat serait-il pour quelque chose dans l'exécution de notre manuscrit, et pourquoi son nom se trouve-t-il sur un des feuillets de ce précieux volume?

Remarquons d'abord que l'ancienneté de notre manuscrit s'accorde tout-à-fait avec l'époque de la vie de Gerbert. On sait qu'il fut archevêque de Reims en 992, déposé de cet archevêché en 995 par le pape Jean XVI, et transféré, l'an 998, par la faveur d'Otton III, sur le siége de Ravenne, d'où, enfin, il parvint à la papauté en 999, par la protection du même personnage. Ce fut le premier Français qui occupa le siége pontifical de Rome, et une origine italienne se révèle uniformément dans notre manuscrit par la beauté du vélin, l'élégance de l'écriture et le style de ses lettres capitales. Dans les deux vers déjà rapportés, on chante les louanges de Gerbert, et on proclame que ce fut lui qui donna ce précieux manuscrit au monastère dont il enrichissait la bibliothèque.

N'aurions-nous pas sous les yeux un manuscrit exécuté en Italie, envoyé en présent à un monastère de France par le savant Gerbert? Et comme notre prélat n'est désigné que sous son nom de Gerbert, n'en résulte-t-il pas que cette inscription aurait été tracée sur le manuscrit avant que Gerbert fût élu pape en 999, sous le nom de Silvestre II? L'époque de l'exécution du volume pourrait ainsi être celle de l'épiscopat de Gerbert à Ravenne, c'est-à-dire de l'année 998, et cette date n'est nullement en contradiction avec aucun des caractères paléographiques du manuscrit. Enfin, lorsque l'on se rappelle l'affection toute filiale de Gerbert pour le monastère où il avait fait ses premières études, affection mémorable que les savans Bénédictins ont rappelée en ces termes : « Ni le grand personnage qu'on va bientôt voir faire à Gerbert sur le théâtre des savans, ni les premières dignités de l'Église auxquelles il fut élevé, jusqu'à se voir pape sous le nom de Silvestre II, ne furent point capables de lui faire oublier Aurillac[1] : » ne peut-on pas conjecturer que ce volume fut un présent, envoyé au monastère d'Aurillac par Gerbert, évêque de Ravenne, et qu'un tel présent, de la part d'un personnage comme Gerbert, devait faire assez de sensation sur les religieux d'un monastère, pour qu'ils fussent très-empressés d'en constater l'origine par l'inscription que nous venons de transcrire?

Il paraît aussi que plus tard, au quinzième siècle, ce volume, ayant conservé toute sa célébrité, fut offert en présent au duc d'Aquitaine. Ce duc y inscrivit, en effet, son nom, comme cela se pratiquait assez fréquemment dans tous les temps; de là les mots *Karolus dux Aquitaniæ*, 1449, qui sont écrits sur le feuillet qui sert de garde à notre manuscrit.

Ce précieux volume pourrait donc bien être un manuscrit exécuté par les ordres et par les soins de Gerbert, évêque de Ravenne, qui enrichit de commentaires et de variantes les OEuvres de Virgile, et qui envoya le volume en présent à l'abbaye d'Aurillac, pour laquelle ce savant prélat conserva toujours une grande affection.

Une autre particularité paraîtrait encore indiquer que Gerbert ne fut pas étranger à la confection de ce volume; car l'on remarque, au *verso* du feuillet 28, deux mappemondes soigneusement dessinées à l'époque même où le manuscrit a été écrit, et elles indiquent la division de la terre en *terra habitabilis* et *terra inhabitabilis;* on y a tracé aussi quelques signes du zodiaque. Les connaissances que Gerbert possédait en géométrie, en astronomie, et dans les autres sciences, expliqueraient tout naturellement les traces qu'on trouve dans notre volume de la pratique de ces sciences.

Ce manuscrit peut donc être regardé comme un des plus précieux parmi ceux

[1] *Histoire littéraire de France*, t. VI, p. 23.

des auteurs classiques du onzième siècle, que possède la Bibliothèque royale de Paris.

Les œuvres de Virgile ne furent pas inconnues aux poètes du moyen âge, et l'on pourrait sans doute en reconnaître quelques citations ou des imitations dans certains écrivains de cette période. Les différens dialectes nous en ont au moins conservé des traductions : c'est ainsi que la Bibliothèque royale en possède une qui est toute en patois bourguignon; on y voit aussi la traduction en vers français, faite en 1500, par Octavien de Saint-Gelais, en deux beaux volumes manuscrits : l'un des deux est enrichi de miniatures.

Bien avant ce dernier traducteur, l'imprimerie avait reproduit les œuvres de Virgile. On considère généralement comme la première édition de cet auteur, celle de l'année 1470, *Venetiis, per Vindelinum de Spira,* in-folio. Les exemplaires en sont des plus rares, et celui que la Bibliothèque royale possède réunit au mérite de la rareté celui d'être imprimé sur vélin. Après cette édition on peut citer aussi celle de 1471, *per Adam Rot;* une autre de la même date, mais sans nom de lieu ni d'imprimeur, et que l'on attribue aussi à Adam Rot : toutes deux, quoique extrêmement rares, existent à la Bibliothèque royale. Parmi celles qui furent publiées en 1472, on distingue surtout celle de Venise, *per Bartholomæum Cremonensem,* in-folio, que la Bibliothèque royale possède également. Du reste, le nombre des éditions de Virgile est fort considérable; mais j'ai dû me borner à ne citer que les plus anciennes, qui sont aussi les plus recherchées.

Une tradition de l'antiquité nous a conservé le souvenir d'une scène profondément touchante dont les admirables vers de Virgile furent l'occasion, et qui fut aussi pour le poète celle d'un bien rare triomphe. Virgile, sur l'invitation d'Auguste, lut en présence de ce prince et de sa sœur Octavie, le deuxième, le quatrième et le sixième livres de l'*Énéide,* et ce sixième avec un accent particulier, bien sûr d'intéresser vivement Octavie. Lorsqu'elle entendit les vers du poète sur son fils, sur ce fils enlevé si jeune, pleuré si long-temps, et ces mots : *Tu Marcellus eris,* elle s'évanouit. Auguste et Octavie fondirent en larmes, et ils auraient fait interrompre cette lecture, si Virgile n'avait averti qu'elle était près de finir. La poésie et la peinture ont reproduit à l'envi cette scène si dramatique, et qui plaît tant au cœur et à l'imagination. Une critique fâcheuse a voulu nous dire que cette antique tradition était une fable; mais il y a des fables qu'on doit préférer à la vérité, quand elles émeuvent vraiment notre âme, et qu'elles honorent l'humanité. Laissez-nous donc ce séduisant mensonge de l'antiquité : n'y a-t-il pas assez de hideuses réalités?

Le fragment en français du quatorzième siècle, tiré de la traduction de Tite-Live, par P. Berchoire, que nous avons donné, page 27, fournit un exemple de la manière des traducteurs de ce temps. Il n'est donc pas moins curieux d'étudier dans Octavien de Saint-Gelais le progrès de la langue et le poète du seizième siècle, dont la verve s'appliquait à reproduire les beautés de la littérature romaine. On pourra juger du mérite de sa traduction par le fragment suivant, tiré du manuscrit français de la Bibliothèque du Roi, n° 7229 :

Pendant ce temps Énée bien certain
De son allée, tenoit chemin loingtain
Dedans la mer et détranchoit les undes,
Par acquillon obscures et parfondes.
En regardant les murs de la cité
Luyre de flammes par l'infélicité
De Dido royne, combien qu'ilz ignoroyent
Cause pourquoy tieulx feux lors se faisoyent,
Jacoit pourtant que les douleurs extresmes,
D'amour trop grande et les plainctes mesmes
Sachans aussi que femme furieuse
Est de mal faire trop duyte et curieuse.
Tieulx pencemens et telles conjectures
Tenoyent lors en moult tristes augures
Les poictraines d'iceulx pouvres Troyens,
Par moult divers et estranges moyens;
Et quant leurs nefz par leurs longues venues
Furent tantost en plaine mer tenues,
Si que desja ny eut devant leurs yeulx
Plus terre aulcune fors la mer et les cieulx :
Soudainement sur leur chief fut poussée;
Obscure nue à pluye dispousée;
Pourtant hyver et dangereuse nuyt
Qui trop a coup a leur emprise nuyt,
Par tieulx ténèbres la mer devant troublée
De meintes vagues meslée et assemblée,
Palynurus mesme gubernateur
Du navigaige et le vray directeur,
Dist lors : helas! cieulx, pluyes ou tonnerres
Nous font hores tempestueuses guerres,
Et toy Neptune que veulx or ou que faiz
Dont nous prépares ung si pénible faix!

PLANCHE VI.

LECTURE DU MANUSCRIT.

Explc. lib. iiii Incip. v.

Interea medium eneas iam classe tenebat
Certus iter· fluctusq. atros aquilone secabat;
Menia respiciens que iam infelicis elisse
Conlucent flammis; que tantum accenderit ignē
Causa latet· duri. magno sed amore dolores
Polluto. notumq. furens quid femina possit
Triste p augurium teucrorum pectora ducunt;
Ut pelagus tenuere rates· nec iam amplius ulla
Occurrit tellus. maria undiq. et undiq. celum
Olli ceruleus⁷ supra caput adstitit imber
Noctem hiememq. ferens. et inhorruit unda tenebris;
Ipse gubernator puppi palinurus ab alta;
Heu quia nam tanti cinxerunt ethera nimbi?
Quid ve pater neptune paras? sic deinde locutus;
Colligere arma iubet. validisq. incumbere remis.
Obliquatq. sinus in ventum. ac talia fatur;
Magnanime enea non si mihi iuppiter auctor
Spondeat. hoc sperem italiam contingere celo;
Mutati transversa fremunt. et vespere ab atro
Consurgunt venti. atq. in nubem cogitur aer
Nec nos obniti contra. nec tendere tantum
Sufficimus. superat qm̄ fortuna sequamur.

TRADUCTION.

Fin du livre iv. Commencement du livre v.

Cependant, plein de confiance dans l'ordre des dieux, Énée dirige vers la haute mer sa flotte qui fend les vagues noircies par les Aquilons. Il regarde les murs de Carthage, et déjà le bûcher de Didon les éclaire de ses feux. Le héros et ses Troyens ignorent la cause d'un si grand embrasement : mais connaissant les violentes douleurs d'un amour outragé, et tout ce que peut une femme en fureur, leurs cœurs se remplissent de noirs pressentimens. Dès qu'ils se sont avancés dans la profonde mer, que toute terre a disparu, qu'on n'aperçoit plus que les eaux et les cieux, un nuage, qui dans son sein porte la nuit et la tempête, s'arrête sur la flotte et soulève l'onde qui s'enfle dans l'horreur des ténèbres. Le pilote lui même, Palinure, sur la poupe élevée, s'écrie : « Quelle nuc menaçante enveloppe l'éther! ô Neptune! que nous prépares-tu? » Il dit, et soudain ordonne aux matelots de resserrer les cordages, de se courber sur la pesante rame; il présente obliquement la voile à l'Aquilon, et s'adressant au chef des Troyens : « Magnanime Énée, non, quand j'aurais pour garant la promesse de Jupiter, je n'espèrerais point aborder en Italie par ce ciel orageux. Les vents ont changé; ils s'élancent du couchant obscurci, prennent en travers nos vaisseaux : l'air se condense, et n'est bientôt plus qu'un nuage. Nous ne pouvons lutter contre la tourmente, et nos efforts sont impuissans. Puisque la fortune l'emporte, cédons......»

(Virgile, traduction de M. Villenave, *Bibliothèque Latine-Française,* publiée par C. L. F. Panckoucke.)

EXPLĈ LIB IIII INCP V

Interea medium eneas iam classe tenebat
Certus iter. fluctusque atros aquilone secabat;
Menia respiciens que iam infelicis elisse
Conlucent flammis; que tantum accenderit ignem,
Causa latet. duri magno sed amore dolores
Polluto. notumque. furens quid femina possit
Triste paugurium teucrorum pectora ducunt;
Ut pelagus tenuere rates. nec iam amplius ulla
Occurrit tellus. maria undique. et undique celum.
Olli ceruleus supra caput adstitit imber
Noctem hiememque ferens. et inhorruit unda tenebris;
Ipse gubernator puppi palinurus abalta;
Heu quianam tanti cinxerunt ethera nimbi
Quid ue pater neptune paras. sic deinde locutus
Colligere arma iubet. ualidisque incumbere remis.
Obliquatque. sinus inuentum. ac talia fatur.
Magnanime enea. non si mihi iuppiter auctor
Spondeat. hoc sperem italiam contingere celo;
Mutati transuersa fremunt. et uespere abatro
Consurgunt uenti. atque in nubem cogitur aer
Nec nos obniti contra. nec tendere tantum
Sufficimus. superat quoniam fortuna sequamur.

XIIe SIÈCLE

— Manuscrit n° 7800; Bibliothèque royale de Paris. —

QUINTILIEN

MANUSCRIT DU XIIe SIÈCLE.

Quintilien (Marcus Fabius Quintilianus), né à Calagurris, ville de l'Espagne Tarraconaise, l'an 42 de l'ère chrétienne. On ignore l'année de sa mort, qui arriva cependant après l'année 118 de la même ère.

Ce savant critique fut du nombre des rhéteurs qui se distinguèrent pendant les premiers siècles de l'ère chrétienne, et qui ouvrirent des écoles. Bien préférable à Sénèque, son devancier dans la même carrière, il nous a laissé sur l'éloquence un travail supérieur à tous les traités connus sur la même matière. Il fut le premier rhéteur salarié de la caisse impériale. Flavia Domitia et Pline le Jeune sont comptés parmi ses élèves. Après avoir obtenu le consulat pendant le règne de Domitien, et professé pendant vingt ans, il renonça aux affaires publiques, afin de travailler avec plus de loisir et de soin à ses *Institutions de l'orateur* (*de Institutione oratoria*). C'est ce travail qui a sauvé son nom de l'oubli, et qui l'a recommandé à l'estime et à la reconnaissance du monde civilisé : il y employa deux années entières de sa vie, de l'an 92 à l'an 94 de Jésus-Christ, et il le dédia à son ami Marcellus Victorius.

Cet ouvrage contient un plan d'études pour un orateur, pour tout homme qui désire posséder une instruction solide, complète, et ce fut dans une longue et attentive expérience que l'auteur en puisa les fondemens.

Tout en se servant du travail de Cicéron, Quintilien dépassa de beaucoup ce grand maître; ses observations nous révèlent une grande habileté de critique, et un goût épuré par de sérieuses études. Ses remarques sur les antiquités de la langue latine, sur l'état primitif de son alphabet, sur le mélange des anciens idiomes italiotes (amené par l'effet du temps et des mouvemens de la civilisation dans ces belles contrées où l'Orient et l'Occident semblent s'être rencontrés et avoir terminé leurs conquêtes), sur les rapports de la langue latine avec ces mêmes idiomes et avec ceux des pays helléniques : tout dans ces remarques nous révèle un esprit ingénieux, pénétrant, et sévèrement logique; et pour juger du progrès immense que le même esprit fit faire presque subitement à la critique littéraire, ou plutôt pour reconnaître qu'il en fut le véritable fondateur, il suffit de comparer les étymologies latines de Quintilien, entièrement régulières et toujours réservées, avec les absurdes rébus et les pitoyables analyses de sons que l'illustre Varron débitait hautement au monde romain cent ans seulement avant Quintilien. Les premiers chapitres de ses *Institutions* sont des sources inépuisables d'instruction, et ils ne seront jamais assez étudiés ni par les élèves ni par les maîtres; l'homme le plus instruit y trouverait encore à glaner. Toutefois, on doit le dire, son style n'échappe pas toujours à l'influence de son époque.

Avec les *Institutions oratoires* on connaît aussi sous le nom de Quintilien, et il est d'usage d'imprimer avec ce grand ouvrage, un amas de petits discours au nombre de soixante-quatre, portant le titre de *Declamationes*. Un examen attentif fit croire à quelques critiques des derniers siècles, que ces *Déclamations* ne devaient pas être attribuées à Quintilien. On les croit surtout d'un siècle plus récent; on les attribue même à plusieurs rhéteurs, Q. Vossius à Postumius le jeune, et certains manuscrits à Marcus Florus, personnage d'ailleurs inconnu. Cette question a été longuement débattue; on n'est point arrivé à une conclusion incontestable, l'usage l'a emporté, et l'on continue d'imprimer ces *Déclamations* à la suite des *Institutions* de Quintilien.

D'après une certaine tradition, le temps nous aurait conservé deux manuscrits *originaux* des *Institutions* de Quintilien[1] : l'un était complet, et fut découvert à l'époque du concile de Constance, dans une tour de l'abbaye de Saint-Gall, par le célèbre Pogge de Florence, et il en fit une copie qu'on dit être aujourd'hui en Angleterre. Environ un siècle plus tard, Léonard Arétin découvrit, en Italie, un second manuscrit, mais très-défectueux : on ajoute que de ces deux originaux dérivèrent, selon la même tradition, *tous* les autres manuscrits des ouvrages de Quintilien; l'on ignore ce qu'est devenu le manuscrit de Saint-Gall.

Nous n'essaycrons pas d'examiner quelle importance et quelle authenticité peut avoir cette tradition, qui veut que le manuscrit trouvé dans une tour de l'abbaye

[1] *Histoire abrégée de la littérature romaine*, t. II, p. 400.

de Saint-Gall soit un volume original (on a voulu dire *très-ancien,* vraisemblablement), ainsi que le manuscrit retrouvé par l'Arétin; il nous suffira d'établir que ce n'est point de ces deux volumes que proviennent *toutes* les autres copies de Quintilien; et la chose ne sera pas difficile à prouver, quoique les écrits de cet habile critique n'aient pas été très-répandus, dans les trop rares bibliothèques, antérieurement au onzième siècle de notre ère. Cependant, bien avant ce même siècle, la France possédait cet ouvrage de Quintilien, et les lettres de Loup, abbé de Ferrières, prouvent d'une manière positive qu'il se trouvait dans la bibliothèque de cette abbaye un manuscrit de Quintilien, au milieu du neuvième siècle; de même que la lettre de consolation de Vincent de Beauvais à saint Louis démontre également que la bibliothèque de ce roi de France en possédait aussi un autre au treizième siècle.

L'existence de ce même auteur, dans les bibliothèques d'Espagne, est constatée, au septième siècle par Isidore de Séville, et au sixième, chez les Goths, par les écrits de Cassiodore. Les prétendues découvertes de Pogge et de l'Arétin ne doivent donc s'entendre qu'à l'égard de l'Italie, puisqu'il est constant que Quintilien était connu, plusieurs siècles auparavant, en France, en Espagne et chez les Goths. La célébrité de ses ouvrages ne permettait guère d'en douter; ajoutons que de tels écrits ne pouvaient rester ignorés pendant un long espace de temps, à une époque où, comme au neuvième siècle, par exemple, de savans anachorètes avaient établi dans toute l'Europe des correspondances actives, dans l'objet de se communiquer réciproquement les livres que leurs bibliothèques ne possédaient pas, et de s'en procurer des copies. Le témoignage positif de l'abbé de Ferrières est donc ici d'un grand poids, et il nous prouve que les ouvrages de Quintilien étaient connus en France dès le milieu du neuvième siècle. Pourquoi auraient-ils cessé de se trouver dans des bibliothèques de ce pays, à partir de ce temps jusqu'à celui de la prétendue découverte de Pogge? Il sera, du reste, bien plus facile encore de reconnaître qu'elle est sans fondement, lorsque l'on remarquera que le manuscrit qui a servi à notre planche VII est de trois siècles antérieur à cette prétendue découverte, et que la Bibliothèque du Roi possède un autre volume de Quintilien du treizième siècle, conséquemment antérieur encore à l'existence de Pogge.

On en faisait une étude toute particuliere au sixième siècle; Lactance et Trebellius Pollio, tous deux écrivains de la même époque, l'affirment par leurs écrits. Enfin, si nous remontons par l'ordre des temps à des époques plus reculées, et jusqu'au moment même où Quintilien écrivait son traité, nous trouvons, parmi les auteurs reconnus par la supériorité de leurs écrits, et dont les textes se sont perpétués jusqu'à nous, que la plupart d'entre eux ont étudié Quintilien avec soin et avec fruit. Tels sont, au cinquième siècle, Sidoine Apollinaire; au quatrième, saint Jérôme et le poète Ausone; enfin, parmi les contemporains de Quintilien ou ses élèves, Martial, Pline le Jeune, Juvénal et Sénèque. Ainsi, Quintilien n'a jamais été entièrement négligé par les littérateurs, et, dans les siècles qui ont suivi la publication de ses écrits, les hommes instruits ont cherché à se perfectionner par ses préceptes et par ses exemples.

La Bibliothèque royale ne possède cependant pas de manuscrits de Quintilien dont on puisse faire remonter l'antiquité au-delà du douzième siècle, et parmi les trente-six volumes de cet auteur qui se trouvent dans ses collections, quatre seulement sont de cette dernière époque[1]. C'est parmi ces quatre volumes que nous avons choisi l'exemplaire dont une page est reproduite par notre planche VII. Des deux autres manuscrits, l'un ne contient que le dixième livre des *Institutions,* l'autre renferme ce traité complet. Du reste, à part les prétendus volumes *originaux* trouvés en Italie et à Saint-Gall, les ouvrages de paléographie ne citent aucun manuscrit célèbre des œuvres de Quintilien. Parmi les autres manuscrits de ce même auteur, qui se trouvent à la Bibliothèque royale, il faut descendre jusqu'au quinzième siècle pour en remarquer quelques-uns dont l'exécution matérielle mérite d'attirer l'attention.

Parmi ceux-là doit être compris le volume numéroté 7723 des manuscrits du Roi, et dont la date se déclare en ces termes : *Laurentius Valla hunc codicem sibi emendavit ipse, millesimo quadringentesimo quadragesimo quarto mense decembri die nono.* De très-belles capitales ornent le premier feuillet de ce manuscrit; tout annonce qu'il a été exécuté en Italie. Des scholies sont écrites sur les marges.

Un autre manuscrit de petit format, sur vélin, du quinzième siècle, coté *Saint-Germain Latin, n°* 1631, et d'une très-jolie exécution, attribue, ainsi que le manuscrit du douzième siècle qui a servi à notre planche, les *Déclamations* à Quintilien.

Cet ouvrage, malgré son mérite, ne paraît pas avoir été traduit en français bien anciennement. L'imprimerie cependant s'empara du texte latin de très-bonne heure, et l'on fait remonter à 1470 l'édition Princeps de Quintilien, *ex recognitione Joannis Ant. Campani, Romæ, in via Papæ,* in-fol., édition de la plus grande rareté, dont on ne porte qu'à deux le nombre des exemplaires connus, et la Bibliothèque royale en possède un de la plus grande beauté, et d'une conservation admirable.

Parmi les autres éditions du texte de Quintilien considérées encore comme fort rares, on doit citer celle de 1470, *Romæ, per Conradum Sweynheim et Arnoldum*

[1] Le Catalogue de la Bibliothèque de l'Abbaye de Corbie, dressé pendant le douzième siècle, n'indique pas de manuscrit de Quintilien, et la Bibliothèque royale ne possède qu'un manuscrit des ouvrages de cet auteur, écrit pendant le treizième siècle.

Pannartz, in-fol., qui existe également à la Bibliothèque du Roi : on l'a prise fort long-temps pour la première; mais l'édition de Campanus, une fois connue, a dû obtenir la priorité par son ancienneté. Celle de 1471, *Venetiis, per Nicolaum Jenson,* in-fol., est encore fort rare, et la Bibliothèque royale en conserve un exemplaire imprimé sur vélin. La belle et riche exécution de ce volume ne le recommande pas moins que la date de son impression.

Telles sont les éditions les plus rares de Quintilien; les autres se trouvent plus ou moins communément dans le commerce.

Le manuscrit qui a servi au *fac-simile* de notre planche VII, est de format in-4°, sur vélin, écrit à longues lignes, dans le douzième siècle. Quelques-uns de ses feuillets sont en partie arrachés, et il ne contient que les *Déclamations*. La première de notre manuscrit est celle que les éditeurs ont placée sous le n° 11, et comme dans les éditions, on trouve aussi dans le manuscrit, en tête de cette déclamation, le sommaire de son contenu.

PLANCHE VII.

LECTURE DU MANUSCRIT.

MARCI· FABII· QUINTILIANI. COECUS IN LIMINE INCIPIT.

Ex incendio domus. adolescens patrem extulit· Dum matrem repetiit· et ipsam et oculos amisit. Induxit illi pater. nouercam. Quae accessit quodam tempore ad maritum, dixitq; parari illi uenenum quod iuuenis in sinu haberet. et sibi p̄missam dimidiam partem bonor. si illud marito porrexisset. Intrauit ad caecū pater interrogauitq; an haec uera essent. Ille negauit. Exquisiuit et inuenit in sinu uenenum. interrogauitq; cui parasset. Ille. tacuit· Recessit pater. et mutato testam̄to nouercam fecit heredem. Eadem nocte. strepitus in domo fuit. Intrauit familia in cubiculū dn̄i. inuenitq; ipsum occisum. et nouercam iuxta cadauer dormienti similem; caecum in limine cubiculi sui stantem. gladium eius sub puluino cruentatum. Accusant se inuicem. caecus et nouerca.

Sentio· jūd· pudori iuuenis p̄quo minimum est q̄d parricida non est· grauissimū uideri q̄d absoluendus est contra nouercam. et plurimum caeco de reuerentia p̄ire uirtutum· cum in patrocinio sume pietatis aufertur. Quicqͥd defendēt alium innocentē. Hoc primū itaq; publicis allegam' adfectibus. quod p̄ se reus indignat̄ uti corporis p̄batione. Solus omniū non remittit sibi. ut incredibilior sit in parricidio caecus· quam fuit cum uideret ⁊ Homo omniū quos· unq̄ miseros fecere uirtutes innocentissimus. parricidium negauit anteq̄ pater occideretur. Et neqͥd hodierne sollicitudini praestari putetis. fecit quod est sūmū in reb: humanis nefas ne uel in alio crederetur ⁊ Ignoscite p̄fidem q̄d indignat; se iuuenis in honorem tantū calamitatis absolui ⁊ Filiū qui patrem ex incendio sua cecitate seruauit. facinus est hoc tantum innocentem uideri. q̄d illum non potuerit occidere ⁊ Nam q̄d ad mulierem. iud. p̄tinet. quae defendi n̄ potest si* patrem caecus occidit· tam impudentem

L'AVEUGLE SUR LE SEUIL DE LA PORTE,

DÉCLAMATION DE MARCUS FABIUS QUINTILIEN.

Un jeune homme tire son père de l'incendie d'une maison; il retourne pour chercher sa mère, mais elle lui est ravie, et lui-même perd la vue. Son père lui donne une belle-mère. Celle-ci, un jour, vient auprès de son mari, et lui dit que son fils a préparé pour lui un poison qu'il tient caché dans son sein, et qu'il lui a offert la moitié de sa fortune si elle consentait à le lui faire prendre. Le père va trouver son fils aveugle, et lui demande si ce qu'on lui a dit est vrai. Sur sa réponse négative, il cherche dans le sein du jeune homme et y trouve le poison. Il lui demande pour qui il a été préparé. Le fils ayant gardé le silence, le père se retire, change les dispositions de son testament, et fait la belle-mère son héritière. Dans la nuit qui suit, du bruit se fait entendre dans la maison. Les domestiques entrent dans la chambre du maître et le trouvent assassiné : auprès de son cadavre la belle-mère est comme endormie; l'aveugle est sur le seuil de la porte, et son épée, souillée de sang, sous l'oreiller. L'aveugle et la belle-mère s'accusent réciproquement.

Je le sens, magistrats, pour un jeune homme plein de pudeur, quoique l'accusation le touche peu, puisqu'il n'est pas coupable de parricide, il doit paraître extrêmement pénible d'avoir à se justifier contre sa belle-mère ; je sens de plus qu'on tiendra peu de compte à l'aveugle de ses vertus, quand tout ce qui suffirait pour protéger tout autre innocent sera en pure perte consacré à la défense de la plus admirable tendresse filiale. Aussi est-il une chose que nous laisserons d'abord apprécier à la conscience publique, l'indignation avec laquelle l'accusé repousse une justification motivée sur son état physique. Seul de nous tous, il ne veut pas se donner l'avantage de paraître, étant aveugle, plus incroyable dans son parricide qu'il ne le fut lorsqu'il jouissait de la lumière. Plus innocent que tous les autres hommes que leurs vertus ont rendus malheureux, il a nié le parricide avant que son père fût tué ; et, pour que vous ne pensiez pas qu'il accorde quelque chose à l'embarras du moment, il a fait en sorte, chose monstrueuse dans les affaires humaines! que le crime paraîtrait incroyable même dans un autre. Pardonnez, je vous en conjure, à un fils qui a sauvé son père de l'incendie au prix de sa vue, l'indignation qu'il éprouverait à être absous seulement en considération de son malheur : oui, pour un fils qui a sauvé son père de l'incendie au prix de sa vue, ce serait un crime que de paraître innocent parce qu'il n'a pu le tuer. Car pour ce qui regarde cette femme, qui ne peut être justifiée à moins que l'aveugle n'ait tué son père, j'aime mieux, magistrats.....

(Traduction inédite de M. J. Chenu, collaborateur de la *Bibliothèque Latine-Française*, publiée par C. L. F. Panckoucke.)

* Nous lisons *ni*.

MARCI · FABII QUINTILIANI · COECUS IN LIMINE INCIPIT

Ex incendio domus · adolescens patrem extulit · Dum matrem
repetit · & ipsam & oculos amisit · Induxit illi pater · nouercam
Quae accessit quodam tempore ad maritum, dixitq · parari illi
uenenum quod iuuenis in sinu haberet · & sibi pmissam dimidiam
partem bonorum · si illud marito porrexisset · Intrauit ad caecū pater
interrogauitq; an haec uera essent · Ille negauit · Exq; fuit &in
uenit in sinu uenenum · interrogauitq; cui parasset · Ille tacuit ·
Recessit pater · & mutato testamento · nouercam fecit heredem · Eadem
nocte · strepitus in domo fuit · Intrauit familia in cubiculū dn̄i ·
inuenitq; ipsum occisum · & nouercam iuxta cadauer dormienti
similem · caecum in limine cubiculi sui stantem · gladium eius
sub puluino cruentatum · Accusant se inuicem · caecus & nouerca ·

Sentio · iud · pudori iuuenis pquo minimum est qd parricida
non est · grauissimū uideri qd absoluendus est contra nouercam
& plurimum caeco de reuerentia pire uitiatum · cum in patrocinio
sui ne pietatis auferatur · Quicquid defendet alium innocentē · Hoc
primū itaq; publicis allegaui adfectibus · quod p se reus indignat
uti corporis pbatione · Solus omniū non remittit sibi · ut incredi
bilior sit in parricidio caecus · quam fuit eum uideret · Homo omniū
quos umq miseros fecere uirtutes innocentissimus · parricidium
negauit antequ pater occideretur · Et neqd hodierne sollicitudini
praestari putetis · fecit quod est sumū in reb: humanis nefas ne uel
in alio crederetur · Ignoscite pfidem qd indignat se misenis in
honorem tantū calamitatis absolui · Filiū qui patrem ex incendio
sua caecitate seruauit · facinus est hoc tantum innocentem uideri · qt
illum non potuerit occidere · Nam qd ad mulierem · iud · ptinet · quae
defendi n̄ potest si patrem caecus occidit · tam inpudentem

XIIIe SIÈCLE

— MANUSCRIT, n° 7739; Bibliothèque royale de Paris. —

CICÉRON

MANUSCRIT DU XIIIe SIÈCLE.

CICÉRON (Marcus Tullius Cicero)[1], né à Arpinum, ville du Latium, le 3 janvier de l'an de Rome 648 (106e avant Jésus-Christ), mort le 7 décembre 711 (45 ans avant l'ère vulgaire).

Cicéron, le plus laborieux écrivain de l'antiquité, s'exerça dans tous les genres de littérature, et ses ouvrages, dont la plus grande partie est arrivée jusqu'à nous, ont toujours été regardés comme des modèles. On les divise en quatre classes : les *Oraisons,* les ouvrages de *Rhétorique,* les ouvrages *Philosophiques,* et les *Lettres familières.* La critique a épuisé, par un examen qui dure depuis plusieurs siècles, tout ce qu'elle avait à dire sur les œuvres de Cicéron; l'éloge et le blâme, selon la diversité des jugemens, ont été dispensés, parfois sans mesure, sur les écrits comme sur les actions de cet illustre orateur. L'histoire des évènemens de sa vie est pour ainsi dire, à elle seule, l'histoire même des évènemens qui agitèrent la république romaine pendant un demi-siècle, tant sa vie politique[2], et ses écrits, qui en furent pour la plupart la conséquence inévitable, se rattachent aux grandes commotions des derniers jours de cette république, et de la naissance du pouvoir impérial[3].

[1] *Marcus* de la famille TULLIA, surnommé *Cicero*, petit-pois, à cause d'une verrue qu'il avait sur une joue et près du nez.

[2] Elle a été écrite dans la *Bibliothèque Latine-Française,* par M. de Golbéry, admirateur passionné de l'homme dont il a retracé les principales actions et apprécié les nombreux ouvrages.

[3] M. Alph. Lucas vient de publier, dans la même *Bibliothèque Latine-Française* de M. Panckoucke, un *Tableau synchronique de la Vie et des Ouvrages de Cicéron*, qui en renferme, dans un court espace, une analyse succincte et exacte.

Nous devons nous abstenir de rappeler ici les circonstances marquantes de la vie de Cicéron; elles ne sont ignorées de personne, parce qu'elles appartiennent à une époque mémorable des annales de Rome, toute remplie des actions et des paroles de cet orateur. L'histoire littéraire et politique de cet habile et savant écrivain a été tracée de main de maître[1], et toutes les littératures modernes se sont enrichies de ce bel ouvrage par de bonnes versions. D'ailleurs, nos érudits ni nos philosophes contemporains n'en ont pas encore fini avec Cicéron.

Sa mort assura le succès du second triumvirat, et le lugubre trophée attaché par l'ordre d'Antoine à la tribune aux harangues, indique assez que la même proscription frappa les écrits comme la personne de Cicéron.

Le règne d'Auguste ne fut pas plus favorable à leur renommée, et la mémoire de Cicéron était bien rarement exhumée. Virgile, Horace, ses contemporains, ne parlent pas de ses ouvrages; mais la juste admiration excitée par tant d'écrits immortels, rendue un moment silencieuse par la réprobation et la haine que le parti vainqueur professait contre son plus terrible adversaire, se manifesta enfin bien plus vive, et peut-être plus passionnée, dans le siècle qui suivit le règne d'Auguste ; et dès cette époque, jusqu'au septième siècle de l'ère chrétienne, presque tous les écrivains dont on connaît les ouvrages parlent de Cicéron : les hommages qu'ils s'empressent de lui rendre disent assez qu'il ne cessa pas de leur servir de maître et de modèle.

C'est aussi à partir du sixième siècle que la rareté du vélin poussa les moines à une opération qui fut bien funeste à l'histoire et à la littérature ancienne. Les textes des ouvrages profanes furent grattés jusqu'à reblanchir les pages du vélin, et à les rendre propres à recevoir une nouvelle écriture; les anciens textes classiques furent ensevelis dans les élucubrations de la théologie chrétienne, et c'est ainsi que le traité de la *République,* par Cicéron, et des fragmens de ses autres ouvrages, sont restés cachés pour nous depuis le sixième siècle jusqu'à nos jours, sous l'encre tenace des *Commentaires de saint Augustin sur les psaumes,* et des *Actes du concile de Chalcédoine.*

Mais, dans le même temps, un petit nombre d'hommes instruits, presque tous chefs de congrégations religieuses, et dont la reconnaissance des modernes s'est empressée d'inscrire les noms parmi ceux qui ont rendu d'éminens services à l'histoire et à la littérature, s'occupaient heureusement aussi à rassembler les débris épars de la littérature romaine, pour en former des bibliothèques. En France, le nom de Loup, abbé de Ferrière, prend parmi ces personnes le premier rang, et l'on ne lira jamais qu'avec une pieuse gratitude la lettre que ce savant abbé

[1] L'histoire de Cicéron par Middleton, publiée à Londres, 4 vol. in-8°; ouvrage traduit en français, par feu Suard.

adressa au pape Benoît III, pour lui demander la communication d'un fragment de l'*Orateur* de Cicéron, que la bibliothèque de Ferrière ne possédait pas alors. Nous avons eu l'occasion de dire ce que ce même religieux fit pour enrichir la France du texte de plusieurs autres classiques latins.

Après l'abbé de Ferrière, un personnage plus célèbre encore, Gerbert, qui fut plus tard le pape Silvestre II, ne témoigna pas moins de sollicitude pour les écrits de Cicéron, et son épître LXXXVIIe nous prouve aussi qu'au dixième siècle le traité de la *République*, de Cicéron, se trouvait encore en France. On sait également que Gerbert fit venir à Rome, de Reims et de Constantinople, les manuscrits de ce même écrivain qui s'y trouvaient, afin d'en faire faire des copies, et de les placer dans la bibliothèque pontificale.

On peut donc assurer que Cicéron n'a pas cessé d'être lu et étudié depuis le commencement de l'ère chrétienne. Au quatorzième siècle, le chantre renommé de Vaucluse et de Laure se faisait gloire de parcourir la France, l'Angleterre, l'Italie et même la Grèce, pour rechercher les auteurs anciens, et c'est par cet admirable poète que l'Italie connut les *Oraisons* de Cicéron. Il faut remarquer aussi que ce fut pendant ce même quatorzième siècle, temps où les classiques latins étaient si soigneusement recherchés et protégés, qu'un autre ouvrage de Cicéron conservé jusqu'alors, le traité de la *Gloire,* disparut sans qu'il ait pu être retrouvé depuis.

Toutefois, le nombre des manuscrits qui nous restent des ouvrages de Cicéron est très-considérable; mais il faut remonter aux manuscrits *palimpsestes* (*anciennement grattés*), pour désigner quelque volume qui ait fixé d'une manière plus particulière l'attention des érudits et exercé leur patiente persévérance; et c'est ici que se placent les travaux de MM. Peyron et Maj, sur les manuscrits de Turin et du Vatican. Ces deux savans sont parvenus, par leurs recherches sur les manuscrits palimpsestes, à découvrir plusieurs fragmens de Cicéron, qu'ils ont depuis publiés avec des *fac-simile* de l'écriture des volumes d'où ils les tiraient.

L'ouvrage de M. Peyron porte le titre suivant :

M. Tullii Ciceronis orationum pro Scauro, pro Tullio, et in Clodium fragmenta inedita; pro Cluentio, pro Cœlio, pro Cæcina, etc., variantes lectiones; orationem pro T. A. Milone a lacunis restitutam; ex membranis palimpsestis bibliothecæ R. Taurinensis Athenæi edidit et cum Ambrosianis parium orationum fragmentis composuit Amedeus Peyron; 1824, in-4°.

Et le savant éditeur reporte au deuxième ou au troisième siècle l'époque de l'écriture de ces fragmens de Cicéron, écriture qui nous a paru assez semblable à celle du manuscrit de *Prudentius* appartenant à la Bibliothèque royale de Paris, attribué généralement au quatrième siècle.

Les fragmens de Cicéron découverts et publiés par M. Angelo Maj, sont également tirés de manuscrits des quatrième, cinquième et sixième siècles; ils sont ainsi placés dans sa collection :

Tome I, *Complectens Ciceronis de Re Publica quæ supersunt;*

Tome II, *Complectens Ciceronis orationum fragmenta;* Item, *orationum in C. Verrem partes;* Item, *Ciceronis antiquum interpretem; Romæ, Typis Vaticanis,* 1828, in-8° (*avec des fac-simile*).

Cette découverte du texte du traité de la *République* fit beaucoup d'éclat et à juste droit; à Paris elle excita de plus un piquant intérêt, car il y avait peu de temps qu'un savant académicien venait de publier un texte de ce même ouvrage, tel qu'il avait cru pouvoir le recomposer d'après les nombreuses citations qu'on trouve de cette œuvre politique de l'ancienne philosophie, dans l'antiquité latine tout entière, soit sacrée soit profane; d'après aussi les autres écrits de Cicéron, qui en parle souvent, particulièrement dans ses Lettres; enfin, d'après le traité des *Lois* qu'on pouvait considérer comme contenant les déductions des théories exposées dans l'ouvrage perdu. L'ouvrage retrouvé ne laisse à l'ouvrage recomposé par feu M. Bernardi, que le mérite de la réunion des maximes politiques de Cicéron, maximes que l'écrit original nous montre comme très-élevées, et toutes dérivées de ce principe sublime : *La souveraineté de la justice, antérieure et supérieure à toutes les autres;* maximes saintement pratiquées par Cicéron, qui, gouverneur de la Cilicie, refusa son appui à Brutus contre la ville de Salamine, et malgré les instances d'Atticus, parce que ce qu'on demandait à l'autorité du gouverneur était contraire aux principes proclamés par le philosophe. Rarissime exemple dans toutes les histoires de ce monde, d'un homme d'état fidèle dans ses actions aux préceptes qu'il a proclamés dans ses écrits.

La Bibliothèque du roi renferme un très-grand nombre de manuscrits contenant des ouvrages divers de Cicéron; on peut en porter le chiffre à près de 300; mais peu d'entre eux sont remarquables pour leur ancienneté, aucun d'eux ne remontant au-delà du neuvième siècle. Il y en a quatre de cette époque, et les deux volumes qui sont cotés n° 6732 et n° 7774 A, se distinguent par leur belle exécution. Ils contiennent *Tusculanarum quæstionum libri quinque; de Senectute; Orationes in Verrem; de Inventione libri duo; fragmentum de Rhetorica.* Le n° 6601 *de Officiis libri tres,* assez beau manuscrit, et le n° 5752, sont du dixième siècle. Les onzième et douzième siècles n'ont également fourni à la Bibliothèque du roi que quelques volumes de Cicéron; mais dès le treizième ils y sont fort nombreux, et il en est de même pour les deux siècles suivans, le quatorzième et le quinzième.

C'est à ce dernier siècle qu'appartient un très-beau et précieux manuscrit de la Bibliothèque royale, exécuté en Italie, écrit en lettres rondes, avec des capitales et des ornemens rehaussés d'or, et qui renferme tous les ouvrages de Cicéron, y compris les traités qui lui sont attribués. Ce volume, où l'on remarque cependant quelques lacunes, faisait autrefois partie de la riche collection du duc de la Vallière.

On ne connaît qu'un très-petit nombre de manuscrits contenant les œuvres complètes de Cicéron. Au commencement du quinzième siècle, un religieux entreprenait la traduction des ouvrages de l'orateur romain, et la dédiait « *à très-excellent, glorieux et noble prince Loys, oncle du roy de France, duc de Bourbon, comte de Clermont et de Foretz, seigneur de Beaujeu, grand chambérier et per de France.* » Les lignes suivantes nous apprennent la date de la traduction, le nom de l'auteur, et en tête de quel livre fut mise la dédicace :

« Cy fine le livre de Tulle, de Vieillesse, translaté de latin en françois, du commandement de très-excellent, glorieux et noble prince Loys, duc de Bourbon, par moi Laurent de Premierfait, cinquiesme jour de novembre mil quatre cens et cinq. »

Un autre volume numéroté 7789 latin, nous a conservé le nom de ce traducteur, celui de la personne à laquelle il dédia son travail, et cet autre manuscrit est sur un vélin très-blanc, orné d'encadremens rehaussés d'or, écrit à longues lignes; son exécution a été très-soignée, et c'est le seul manuscrit de Cicéron qui soit enrichi d'assez belles miniatures. L'une d'elles représente l'auteur, Laurent de Premierfait, offrant en hommage sa traduction au duc de Bourbon. Le volume contient à la fois le texte latin du traité *de la Vieillesse,* et à la suite la traduction française.

C'est aussi avant la fin de ce même siècle, que les ouvrages de Cicéron étaient déjà répandus par l'imprimerie. L'abbaye des bénédictins de Subbiaco, petite ville frontière de Rome, publiait, en 1467, le *de Oratore,* deux éditions de ses épîtres familières, ses épîtres *ad Quintum fratrem,* et le traité *de Officiis;* l'an 1470, les *Philippiques,* et, l'année suivante, les ouvrages philosophiques. Venise, pendant ce même intervalle de temps, avait aussi donné (en 1469) une édition des *Épîtres;* l'année suivante, 1470, on imprimait à la fois, à Venise et à Milan, d'autres écrits de ce même auteur; et en 1472, à Strasbourg le *de Officiis,* à Naples le *de Rhetorica.* La première édition complète des œuvres de Cicéron est de 1498 et 1499, *Mediolani, per Alexandrum Minutianum,* 4 vol.; édition d'une extrême rareté. Deux autres d'une époque postérieure sont aussi assez recherchées; la première : *M. T. Ciceronis opera omnia, Petri Victorii castigationibus illustrata; Venetiis, Lucas Ant. Junta,* 1534, 1536 et 1537, 4 vol. in-f°.; et l'autre, qui fut conférée sur les manuscrits, a été publiée et imprimée par Robert Estienne, 1539, en 2 vol. in-f°.

Le *fac-simile* figuré sur notre planche est tiré du manuscrit latin, ancien fonds, n° 7739; il contient les deux livres *de Inventione,* ainsi que le *Rhetorica ad Herennium,* et il offre le modèle d'une belle écriture du treizième siècle.

PLANCHE VIII.

LECTURE DU MANUSCRIT.

Finis, persuadere dictione. Inter officium autem et finem hoc interest, quod in officio, quid fieri; in fine, quid officio conveniat, consideratur : ut medici officium dicimus esse, curare ad sanandum apposite; finem, sanare curatione. Item quid oratoris officium, et quid finem esse dicamus, intelligamus, cum id, quod facere debet, officium, id esse dicimus; illud, cujus causa facere debet, finem appellabimus.

Materiam artis eam dicimus, in qua omnis ars, et facultas, que conficitur et arte versatur. Ut si materiam medicinæ dicamus morbos, ac vulnera, quod in his omnibus medicina versatur : item, quibus in rebus versatur et facultas oratoria, eas res materiam artis rhetorice nominamus. Has autem res, alii vero plures existimant, alii....

TRADUCTION.

La fin qu'il se propose est d'arriver à la persuasion par la parole. La différence du devoir et de la fin, c'est que le devoir se rapporte à ce qu'il faut faire pour atteindre le but, et que la fin exprime le but même qu'on veut atteindre. Nous disons que le devoir du médecin est d'administrer les remèdes qu'il faut pour guérir, et que la guérison est la fin qu'il se propose; ainsi l'on doit me comprendre quand, pour expliquer ce que j'entends par le devoir et la fin de l'orateur, je dis que le devoir indique ce qu'il doit faire pour arriver au but qui est la fin.

J'appelle matière de l'art, ce qui tient au domaine général de l'art, et aux applications qu'on en peut faire. Comme on dit que les maladies et les blessures sont la matière de la médecine, parce que la médecine roule tout entière sur ces objets; ainsi, tout ce qui se rapporte au talent de l'orateur forme la matière de la rhétorique. Tous les auteurs ne s'accordent pas sur les limites qu'il faut donner à son domaine....

(Cicéron, traduction de MM. Charpentier et Greslou, *Bibliothèque Latine-Française*, publiée par C. L. F. Panckoucke. Paris, t. II, p. 15.)

FINIS PERSUADERE DICTIONE INTER OFFICIUM

et finem hoc interest quod in officio quid fieri, in fine quid officio conveniat consideratur. Ut medici officium dicamus esse curare ad sanandum apposite, finem sanare curatione. Item oratoris quid officium et quid finem esse dicamus intelligimus, cum id quod facere debet officium esse dicimus, illud cuius causa facere debet finem appellamus.

MATERIAM ARTIS EAM DICIMUS IN QUA OMNIS ARS

ET FACULTAS QUE CONFICITUR EX ARTE versatur. Ut si materiam medicine dicimus morbos ac vulnera, quod in his omnibus medicina versatur. Item quibus in rebus versatur et facultas ORATORIA, eas res materiam artis RETHORICE NOMINAMUS. Has autem res alii plures existimaverunt, alii

XIVe SIÈCLE

— Manuscrit n° 7996, Biblioth. royale de Paris. —

OVIDE

MANUSCRIT DU XIVᵉ SIÈCLE.

Ovide (Publius Ovidius Naso), né à Sulmone, le 20 mars de l'année de Rome 711 (43 ans avant l'ère vulgaire); mort dans l'exil à Tomes, sur les bords du Pont-Euxin, l'an de Rome 770 (la 17ᵉ année de la même ère).

Ovide, aussi célèbre par les malheurs de sa vie privée que par le mérite éminent de ses écrits qui ont immortalisé son nom et lui ont assigné un des premiers rangs parmi les écrivains de l'antiquité, s'est surtout distingué par ses vers élégiaques; ils nous révèlent un esprit gracieux, et une riche imagination, qui firent autant rechercher Ovide par la société romaine, que put le faire la célébrité même de son nom. Presque en même temps que Virgile s'illustrait dans l'épopée, Ovide recevait le surnom de *Prince de l'élégie,* à cause de l'admirable perfection à laquelle il atteignit dans ces compositions. Il se fit encore d'autres titres à l'immortalité par ses *Héroïdes,* genre d'ouvrage dont il fut l'inventeur, et dont il a fait un des monumens les plus remarquables de la littérature latine.

A l'âge de quarante ans environ, Ovide composa son poëme de *l'Art d'aimer* (an de Rome 753); et il voulut bientôt après affaiblir les effets réprouvés de cet ouvrage en composant *le Remède d'amour.* Il avoua que ce dernier poëme était le fruit de sa raison, comme *l'Art d'aimer* celui de l'ardeur de ses passions.

Les premières années de la vie d'Ovide nous sont peu connues; on ignore presque entièrement quelles charges publiques il exerça, quels honneurs lui furent déférés par le suffrage de ses contemporains; et si une éclatante disgrâce n'était venue le frapper au sein de la gloire, au temps des plaisirs, de la félicité et de la plus haute faveur, le nom d'Ovide nous serait arrivé entouré d'une auréole moins éclatante; car l'histoire littéraire du siècle d'Auguste nous est peu connue : les biographies romaines ne comprenaient que la vie civile et politique des personnages dont elles consacraient les noms.

Après avoir éprouvé toutes les douleurs de la plus cruelle séparation, Ovide quitta Rome, au mois de novembre de l'an 763, pour n'y jamais revenir. Il passa, de la capitale du monde civilisé, dans un misérable bourg de la Basse-Mœsie, à l'extrémité de la domination romaine, région presque hyperboréenne. Sa navigation fut orageuse; il risqua plusieurs fois de perdre la vie; et il employa les longs jours qu'elle dura à composer les élégies, au nombre de dix, qui forment le premier livre des *Tristes.* Descendu sur la terre d'exil, il demanda à la poésie des distractions et un repos que rien ne put lui rendre. Pendant ce temps de douleur, il écrivit un grand nombre d'ouvrages; les quatre livres des *Pontiques,* où il rappela pieusement les noms de ceux de ses amis qui déplorèrent et cherchèrent à adoucir ses chagrins, furent l'occupation des dernières années de sa vie, aussi cruelles que la gloire et la faveur qui en avaient embelli le commencement, lui avaient été douces.

La vie d'Ovide fut cependant l'une des plus irréprochables de son temps, et il se distingua par-là de la plupart des hommes illustres de son siècle; aucune passion vile ou cruelle ne la flétrit; l'aménité de son caractère et la douceur de ses mœurs le préservèrent des traits de la satire, mais non pas de la jalousie d'Auguste, et de l'exil qui le relégua à Tomes, où il mourut. On a en vain cherché à reconnaître la position de cette ancienne ville, pour y retrouver le tombeau du poète; une prétendue découverte fut faite au seizième siècle, mais elle ne put supporter le plus léger examen : il en fut de même de celle qui fut annoncée en l'année 1802.

Plusieurs problèmes restent donc à résoudre sur la vie, l'exil et la mort d'Ovide. Ils attirent depuis long-temps l'attention des savans, mais sans résultat. Une autre opinion ne mérite peut-être pas plus de confiance, celle qui attribue l'origine du surnom de *Naso,* que porta la famille d'Ovide, au grand nez d'un de ses aïeux.

Les livres des *Métamorphoses* et des *Fastes* avaient assuré à Ovide une éternelle renommée; aussi voit-on que ses écrits ont été connus à toutes les époques de la littérature latine. Les témoignages de Velleius Paterculus, de Stace, de Martial, de Quintilien et de saint Jérôme indiquent assez que, pendant les quatre premiers siècles de l'ère vulgaire, les élégantes compositions poétiques d'Ovide ne cessèrent pas d'être lues et recherchées. L'on fixe aussi au quatrième siècle la perte des six derniers livres des *Fastes,* le plus savant et le plus parfait ouvrage de notre poète; du moins Lactance paraît indiquer suffisamment cette époque, comme étant celle où la littérature eut à regretter cette perte : car il cite, dans ses *Institutions divines,* les six premiers livres de ce travail, et il ne se serait pas abstenu de parler des autres, si, au temps où il écrivait, la seconde partie des *Fastes* n'eût pas été déjà perdue.

Les renseignemens particuliers que l'on possède sur les livres qu'avait assemblés le solitaire Isidore de Péluse, prouvent aussi qu'au cinquième siècle les ouvrages d'Ovide n'étaient pas ignorés. On voit encore figurer les écrits du même poète au nombre de ceux qu'étudièrent Isidore de Séville, au septième siècle, et l'abbé de Fulde, Raban-Maur, pendant le neuvième. Aussi existe-t-il à la Bibliothèque royale de Paris un manuscrit [1] de ce dernier siècle, contenant des ouvrages de notre poète.

Les collections de la même Bibliothèque renferment également un manuscrit du dixième siècle [2], cinq du onzième et trois du douzième. L'on doit remarquer cependant que les ouvrages d'Ovide ne se trouvent pas mentionnés dans le catalogue de la Bibliothèque de Corbie, qui fut dressé à cette dernière époque.

Parmi les services rendus à la civilisation, au treizième siècle, par saint Louis, on ne doit point oublier les soins que prit ce grand prince pour se procurer des copies de livres pour sa bibliothèque. Le témoignage de Vincent de Beauvais paraît indiquer que le choix du saint roi ne porta pas seulement sur des livres que l'austérité de son caractère devait lui faire préférer; et si Louis IX avait exclu de sa collection royale les ouvrages de la littérature païenne, jamais le livre composé par Vincent pour l'éducation des Fils de France, n'aurait mentionné les écrits des auteurs profanes : au contraire, on remarque, parmi les citations des écrivains sacrés, des extraits des auteurs qui ont illustré la langue latine, et le nom d'Ovide y est mêlé à plusieurs autres.

C'est à partir de ce même siècle que les manuscrits latins paraissent suffisamment multipliés pour que leur conservation soit assurée jusqu'à l'époque de l'invention de l'imprimerie; et la Bibliothèque du Roi, parmi les quatre-vingt-quatorze manuscrits d'Ovide qu'elle possède, en compte vingt-trois du treizième et vingt-six du quatorzième siècle. Nous avons déjà indiqué ceux des temps précédens; les autres sont du quinzième et du seizième siècle.

Les ouvrages d'Ovide sont du nombre de ceux qui ont été traduits en français très-anciennement; il paraît certain du moins qu'ils le furent dès le commencement du quatorzième siècle. L'inventaire du mobilier de la reine Clémence, femme de

[1] Ce beau volume du neuvième siècle porte le n° 7311; il consiste en cinquante feuillets environ, contenant : *P. Ovidii Nasonis de Arte amandi libri tres;* ejusdem *de Remedio amoris liber;* ejusdem *Amorum libri primi fragmentum.*

[2] Il se fait surtout remarquer par sa belle écriture. Ce manuscrit a appartenu à Colbert, de la bibliothèque duquel il a passé dans celle du Roi. Le texte qu'il renferme est un ouvrage en vers, sur les poissons, attribué à Ovide, et qu'il aurait composé pendant son exil à Tomes. On remarque sur le premier feuillet du volume la signature de Pithou, qui a possédé l'une des plus belles collections particulières de manuscrits anciens.

Louis le Hutin, dans lequel se trouvent aussi énumérés les livres qu'elle possédait [1], paraît indiquer qu'une traduction d'Ovide existait dès avant l'année 1328 [2]. Philippe de Vitry, vers le milieu de ce même siècle, entreprit, par ordre du roi Charles V, une traduction en vers français des *Métamorphoses*, en les moralisant : le volume coté 7230 *bis* nous a conservé un texte à peu près contemporain de l'auteur de cette traduction. Jean le Fèvre a aussi écrit en vieux français un des ouvrages attribués à Ovide. Sa traduction existe dans un beau volume du quinzième siècle (n° 7235) avec ce titre : « Ci commençe Ovide de la Vielle (*de Vetula*), translaté de latin en françois, par maistre Jehan le Fevre, procureur en parlement, et fut trouvé ce livre en un petit cofret d'ivoire, en la sépulture dudit Ovide, IIII^c (400) ans après sa mort, tout frais et entier; ouquel livre sont contenuz moult nobles diz et enseignemens, et au commencement il traicte de la manière de son vivre. » On voit encore dans la même bibliothèque plusieurs autres traductions du même ouvrage, en différentes langues et de différentes époques. Enfin l'évêque d'Angoulême, Octavien de Saint-Gelais, entreprit, par ordre de Charles VIII, la traduction des Épîtres d'Ovide. Un très-beau manuscrit de la Bibliothèque du Roi en a conservé la date en ces termes : « Cy moncent les espitres de Ovide translatées de latin en françois le XVIe jour de février mil CCCC IIII^xx XVI (1496); » et l'on en connaît deux autres également remarquables par la beauté de leurs miniatures. L'un des deux (n° 7231) porte sur le dos : « Je suis au roy Loys XIV [3]. »

Bien avant cette derniere traduction, les œuvres d'Ovide avaient déjà été reproduites par l'imprimerie. L'on cite parmi les éditions les plus rares les quatre suivantes :

1°. *P. Ovidii Nasonis opera varia;* Romæ, per Conradum Sweynheyn et Arnoldum Pannartz, anno Domini 1471; 2 vol. in-fol. : cette édition *princeps,* quoique de la plus grande rareté, existe à la Bibliothèque du Roi;

2°. *P. Ovidii Nasonis opera omnia quæ extant;* Bononiæ, per Balthasarem Azzoguidum, anno 1471, in-fol. : édition peut-être encore plus rare que la première;

3°. *P. Ovidii Nasonis opera omnia quæ extant;* Venetiis, per Jacobum Rubeum Gallicum, anno Domini 1474, in-fol.;

4°. *P. Ovidii Nasonis opera omnia quæ extant;* Mediolani, per Antonium Zarotum Parmensem, anno 1477, 2 vol. in-fol. : la beauté de l'exécution de cette édition la fait aussi fort rechercher, mais elle n'est pas commune.

[1] Il fait partie des collections manuscrites de la Bibliothèque du Roi.

[2] L'inventaire des meubles de cette reine, morte en 1328, désigne ainsi cette traduction : « Un grant roumans couvert de cuir vermeil de fables d'Ovide qui sont ramenées à moralité de la mort de J.-C. prisé L livres. »

[3] Nous citerons encore pour mémoire les traductions en rondeaux, par de Benserade, avec figures de Leclerc; en distiques, par Trépagne de Meneville; en vers burlesques, par Rucher; celle de Clément Marot; enfin celle du duc de Bourgogne, l'élève de Fénelon, dont on conserve le manuscrit autographe à la Bibliothèque du Roi.

Enfin, parmi les éditions rares des traductions d'Ovide, on ne doit pas oublier le volume imprimé sur peau de vélin, par Vérard, en 1493, in-fol., gothique, avec figures peintes en miniature, et dont la Bibliothèque du Roi possède également un exemplaire.

Le manuscrit qui a servi au *fac-simile* de notre planche IX, porte le n° 7996; il est de format petit in-folio, sur vélin, orné de lettres capitales en couleur, et il contient 58 feuillets surchargés de commentaires et de scolies.

Ce volume offre un beau modèle d'écriture du quatorzième siècle. Il contient les *Héroïdes*, et provient de la bibliothèque du cardinal Mazarin.

Le feuillet qui sert de garde à notre manuscrit, nous offre une indication du prix d'un volume au quinzième siècle. On y lit en effet : « Iste liber p̄tinet[1] mihi Johañi Pluyette quē[2] emi p̄cio[3] 22 s.[4] p.[5] à frē[6] Johañe Vallee subp̄ore[7] cōvēt[8] beate Marie de Carmelo Paris[9] die 10 januarii 1461. » Le prix de ce volume, vendu en 1461, est loin d'atteindre au taux moyen établi par Petit-Radel, d'après des notes manuscrites ou des catalogues de collections anciennes[10]. Il fut pourtant acheté avant l'époque où l'invention de l'imprimerie, une fois bien établie, amena une grande baisse dans le prix des volumes. On doit remarquer aussi que les manuscrits usuels pour les études, étant moins chers au moyen du droit que l'Université prélevait sur les livres en général et qu'elle répartissait en indemnités pour obtenir le bas prix des classiques, il put arriver que le manuscrit dont nous nous occupons ait été exécuté pour des étudians, et conséquemment qu'il ait été vendu à un prix inférieur à celui du commerce.

On remarque également sur ce même feuillet (verso), ainsi que sur celui qui est à la fin du volume, une collection de proverbes français, en vers, écrits, comme paraît l'indiquer la forme des lettres, pendant le quinzième siècle.

[1] *Pertinet.* — [2] *quem.* — [3] *precio.* — [4] *viginti duos solidos.* — [5] *parisienses.* — [6] *fratre.* — [7] *subpriore.* — [8] *conventus.* — [9] *parisiensis.*

[10] *Recherches sur les Bibliothèques anciennes.*

PLANCHE IX.

LECTURE DU MANUSCRIT.

Littora Thessalie reduci tetigisse carina
Dicīs[1] aurate vellere dives ovis
Gratulor incolumi qn̄t[2] sinis h̄[3] tā[4] ip̄o[5]
Debūam[6] scripto cercior ēē[7] tuo
Nam ne pacta t'[8] p̄ter[9] mea regna redires
Com cupēs[10] ventos nō[11] hūisse[12] potes
Q°lib.[13] adv̄so[14] signetur ep̄la[15] vento
Ysiphile missa digna salute fui
Cur m̄i[16] fama p̄or[17] q̄m[18] littā[19] nūcia[20] venit
Isse sacros Martis s̄b[21] iuga panda boves
Seminib[22] iactis segetes adolesse dirōr[23]
In̄[24] necē[25] dextra nō[26] eguisse tua
P̄vigilē[27] spoliū pecudis s̄vasse[28] draconē[29]
Rapta tm̄[30] forti vellera fulva manu
Hec ego si possem timide credentib̄[31] ista
Ipse m̄[32] scripsit dicere qn̄ta[33] forem
Qi[34] queror officiū[35] lenti cessasse mariti
Obsequiū[36] maneo si tua grande tuli
Barbā[37] narrat̂[38] venisse venefica tecū[39]
In m̄[40] promissi parte recepta thori
Credula res amorꝫ[41] ūt[42] temāria[43] dicar'
Criminib̄[44] falsis insimulasse virum

TRADUCTION.

On dit que ton vaisseau a touché les rivages de la Thessalie, riche de la toison du bélier d'or. Je te félicite, autant que tu le permets, de ton heureux retour; cependant un écrit de ta main aurait dû m'en donner l'assurance. Car les vents peuvent t'avoir éloigné de mon empire, où tu désirais aborder, selon ta promesse; mais le vent n'est pas assez contraire, qu'on ne puisse tracer une lettre. Hypsipyle fut digne de recevoir ton salut. Pourquoi la renommée m'a-t-elle appris, avant ta lettre, que les taureaux consacrés à Mars avaient courbé sous le joug? qu'une semence jetée par toi avait produit des moissons de guerriers, et que, pour leur destruction, ils n'avaient pas eu besoin de ton bras? qu'un dragon vigilant gardait la dépouille de l'animal; que cependant ta main hardie avait enlevé la précieuse toison? Si aux incrédules je pouvais dire : « Lui-même il me l'a écrit, » que je serais glorieuse! Mais pourquoi me plaindre, d'un mari trop lent à acquitter le devoir? j'ai obtenu, si tu me restes, un trop grand acte de complaisance. On raconte qu'une enchanteresse barbare accompagne tes pas, et que tu l'as admise à partager la couche qui m'était due. L'amour est chose crédule; plût aux dieux que l'on dise : « Elle a légèrement accusé son époux de crimes mensongers. »

(Ovide, traduction de M. V. H. Chappuyzi, *Bibliothèque Latine-Française*, publiée par C. L. F. Panckoucke, Paris, tome 1er.)

1. Diceris. — 2. quantum. — 3. hoc. — 4. tamen. — 5. ipso. — 6. debueram. — 7. esse. — 8. tibi. — 9. præter. — 10. cuperes. — 11. non. — 12. habuisse. — 13. quolibet. — 14. adverso. — 15. epistola. — 16. mihi. — 17. prior. — 18. quam. — 19. littera. — 20. nuncia. — 21. sub. — 22. seminibus. — 23. dirorum. — 24. inque. — 25. necem. — 26. non. — 27. pervigilem. — 28. servasse. — 29. draconem. — 30. tamen. — 31. credentibus. — 32. mihi. — 33. quanta. — 34. quid. — 35. officium. — 36. obsequium. — 37. barbara. — 38. narratur. — 39. tecum. — 40. mihi. — 41. est. — 42. utinam. — 43. temeraria. — 44. criminibus.

Littora thessalie reduci tetigisse carina
Diceris aurate vellere dives ovis
Gratulor incolumi quantum sinis hoc tamen ipso
Debueram scripto certior esse tuo
Nam ne pacta tibi preter mea regna redires
Cum cuperes ventos non habuisse potes
Quamlibet adverso signetur epistola vento
Hipsiphile missa digna salute fui
Cur mihi fama prior quam littera nuntia venit
Isse sacros martis sub iuga panda boves
Seminibus iactis segetes adolesse virorum
Inque necem dextra non eguisse tua
Pervigilem spolium pecudis servasse draconem
Rapta tamen forti vellera fulva manu
Hec ego si possem timide credentibus ista
Ipse mihi scripsit dicere quanta forem
Quid queror officium lenti cessasse mariti
Obsequium maneo si tua grande tibi
Barbara narratur venisse venefica tecum
In mihi promissi parte recepta thori
Credula res amor est utinam temeraria dicar
Criminibus falsis insimulasse virum

XVe SIÈCLE

— Manuscrit n° 5837; Biblioth. royale de Paris. —

CORNELIUS NEPOS

MANUSCRIT DU XVe SIÈCLE.

Cornelius Nepos, historien romain, passe pour être né dans les environs de Vérone; mais on ignore réellement et le lieu et le temps, de même que ceux de sa mort, et presque entièrement sa vie et ses écrits; il fut le contemporain de Cicéron, qui lui donna l'épithète d'immortel, et l'ami intime de Catulle, qui lui adressa une de ses plus jolies compositions. On sait qu'il florissait sous César et sous Auguste, et qu'il mourut pendant le règne de ce dernier empereur.

On demeure assez généralement d'accord aujourd'hui que ses écrits ne nous sont connus que par des extraits, ou par les citations qu'on en trouve dans d'autres auteurs. On lui attribue ordinairement les ouvrages suivans, qui, pour la plupart, ne sont pas arrivés jusqu'à nous : 1° *Vie des grands capitaines de l'antiquité;* 2° trois livres de *Chroniques;* 3° *des Exemples;* 4° *des Hommes illustres;* 5° *Vie de Caton et de Cicéron;* 6° *des Historiens grecs;* 7° *Recueil de lettres adressées à Cicéron;* 8° et probablement un *Traité de géographie.*

La *Vie des capitaines de l'antiquité* est l'ouvrage que l'on regarde comme son vrai titre de gloire et celui qu'on lui attribue avec le plus de certitude. Tout porte à croire, cependant, que l'écrit que l'on possède aujourd'hui sous ce titre, n'est qu'un extrait ou un abrégé du véritable travail de Nepos, abrégé fait par un grammairien du quatrième siècle nommé Émilius Probus. Il est très-difficile, en effet, de se persuader que les *Vies des grands capitaines,* telles que nous les possédons à présent, soient le travail qui mérita à Cornelius Nepos de si grands éloges de la part de

Plutarque, de Pomponius Atticus, de Cicéron; et, si l'on remarque ensuite que tous les manuscrits contenant cet ouvrage le reproduisent sous le nom de cet Émilius Probus, on sera tenté de croire que l'on ne connaît aujourd'hui qu'un abrégé de l'œuvre originale de l'historien romain, abrégé fait au quatrième siècle par le grammairien dont les manuscrits nous ont conservé le nom.

Le travail historique de Cornelius Nepos n'est donc pas arrivé jusqu'à nous, l'abrégé qu'on en possède ne saurait le remplacer; et le seul service que Probus lui ait rendu est peut-être d'avoir sauvé d'une entière destruction de si belles pages historiques, et d'avoir conservé, au moins, le nom de celui qui s'était immortalisé dans ce genre, au dire même de ses plus illustres contemporains.

Cependant Cornelius Nepos avait été souvent étudié avant le quatrième siècle, et l'on doit ajouter aux citations accompagnées d'éloges qu'on en trouve dans les écrivains déjà indiqués, le témoignage des deux Pline et celui de Pomponius Mela; pendant le deuxième siècle celui d'Aulu-Gelle, au troisième celui de Tertullien, et au quatrième ceux de Minutius Félix et d'Ausone; enfin le travail même d'Émilius Probus peut prouver que la composition originale était généralement lue, puisqu'il fallut en faire un abrégé.

Mais à partir de cette époque, l'abrégé a pu tenir la place du texte entier et l'a peut-être même fait complètement oublier. On doit cependant rappeler qu'on voit encore figurer le nom et des citations de Cornelius Nepos, au cinquième siècle, dans les écrits de Macrobe, au sixième dans ceux de Jornandès et de Lactance, et au neuvième dans la *Chronique* de Fréculphe.

Dès cette dernière époque, l'abrégé même d'Émilius Probus ne tarda pas à tomber dans l'oubli le plus complet, et il paraît avoir été entièrement ignoré jusqu'au quinzième siècle. Une des choses qui contribuèrent le plus à faire oublier le travail de Cornelius Nepos et celui de Probus, c'est la négligence même des copistes. Il est facile, en effet, de reconnaître que, dès une époque fort ancienne, le travail de Cornelius Nepos et l'abrégé d'Émilius Probus furent confondus par ces copistes avec les écrits du même genre laissés par Plutarque, Pline, Aurelius Victor, etc. Les biographies des grands hommes de l'antiquité ne formèrent bientôt plus qu'un seul et même corps d'ouvrage que l'on attribua indifféremment à l'un de ces écrivains. Seulement les noms de Cornelius Nepos et d'Émilius Probus furent les premiers oubliés : aussi l'histoire des grands hommes a été plus souvent attribuée aux autres auteurs déjà cités qu'à ces deux derniers. Les manuscrits de Paris, numérotés 4962, 6144 et 8557, nous semblent concourir particulièrement à établir cette circonstance. Ce sont des recherches faites au quinzième siècle qui firent de nouveau connaître Émilius Probus, et fournirent le moyen de distinguer les fragmens de son travail, qui sont mêlés avec ceux de Pline, de Plutarque, etc.

On attribue, sans contestation, la découverte du texte d'Émilius Probus, pendant les premières années du quinzième siècle, au Florentin Pogge, que des travaux sur des manuscrits de différentes collections ont rendu célèbre à tous égards. C'est donc à cette époque seulement que se multiplièrent les copies du prétendu travail de Cornelius Nepos, auquel, plus judicieusement peut-être, les critiques modernes ont conservé pour nom d'auteur celui d'Émilius Probus.

Parmi les manuscrits de Cornelius Nepos, au nombre de dix environ, que possède la Bibliothèque du Roi, aucun d'eux, portant le nom d'Émilius Probus, ne remonte au-delà du quinzième siècle. Ils sont donc tous le résultat de la découverte du Pogge; et si l'on considère que tous ont été écrits en Italie, on pourra voir dans ces circonstances une confirmation de l'opinion qui attribue au Pogge la découverte de l'ouvrage de ce grammairien. L'on doit cependant remarquer une particularité qui servira peut-être à mieux discerner le travail de Cornelius Nepos d'avec celui d'Émilius Probus. Les manuscrits de la Bibliothèque du Roi, sans exception, attribuent à Probus la *Vie des grands capitaines* de différentes nations; et, après avoir indiqué la fin de ce travail du grammairien, ils ont soin de placer, comme nom d'auteur, en titre de la vie de Caton l'Ancien et de Pomponius Atticus, le nom de Cornelius Nepos, et d'indiquer ces fragmens comme tirés *ex libro historiarum latinarum Cornelii Nepotis.* C'est ce que l'on remarque dans les volumes n°s 5826, 5831, 6143 et 8534.

Il semblerait donc résulter de là, que Probus, en abrégeant ou compilant le texte de Cornelius Nepos, se l'est approprié et l'a fondu dans un nouvel ouvrage, dans lequel il a conservé plus ou moins l'esprit et le texte du premier auteur; tandis que, au contraire, la vie de Caton l'Ancien et celle de Pomponius Atticus seraient le texte même de Cornelius Nepos, tiré de son livre des *Histoires latines.*

D'après le manuscrit nº 5826, fonds du Roi, il faudrait encore regarder comme appartenant à Cornelius Nepos, et comme ayant fait partie du même ouvrage, un fragment que l'on ne retrouve pas dans d'autres manuscrits de la même bibliothèque, et qui a pour titre : *Verba Cornelie Graccorum matris ex Cornelii Nepotis libro.* (Folio 127 vº.)

S'il paraît, d'après d'autres faits, que, pendant un intervalle de temps extrêmement long, les ouvrages de Cornelius Nepos furent entièrement ignorés, il n'en fut pas de même du nom de cet historien; de vieux manuscrits, en effet, nous sont arrivés, et en assez grand nombre, qui contiennent une prétendue traduction de l'ouvrage grec de Dares le Phrygien faite par Cornelius même. Ce travail, toutefois, ne se trouve mentionné dans aucun des écrivains romains qui se sont occupés de Cornelius Nepos, ou qui ont consulté ceux de ses ouvrages dont on ne connaît aujourd'hui que le titre. La personne qui, sous le nom de Dares le Phrygien, composa le texte latin *de Bello trojano,* est encore inconnue. Schœll[1] nous paraît avoir commis une erreur en regardant comme l'auteur de cet ouvage latin un Joseph Iscanius ou Josephus Devonius, écrivain anglais de naissance, de la fin du douzième siècle, qui aurait d'abord composé en prose le *de Bello trojano,* pour en former ensuite un poëme en six chants. La Bibliothèque du Roi possède en effet un manuscrit contenant ce *de Bello trojano,* précédé comme les autres de la prétendue lettre de Cornelius Nepos à Sallustius Crispus, dans laquelle il se déclare le traducteur de l'ouvrage de Dares le Phrygien, du grec en latin; mais l'antiquité de ce manuscrit remonte au neuvième siècle; plusieurs autres sont certainement du commencement du douzième et par conséquent antérieurs aussi à l'époque où vivait le Joseph Iscanius désigné par Schœll.

On pourrait peut-être tirer de ceci la conséquence que le poëme en six chants de Joseph Iscanius fut composé par lui sur le travail en prose, mais bien plus ancien, qui nous est arrivé comme étant la traduction latine par Cornelius Nepos de l'ouvrage grec de Dares le Phrygien. Les deux compositions en langue latine nous paraissent entièrement distinctes, quoique l'une ait servi probablement de type à l'autre, et elles semblent appartenir à deux auteurs différens : le nom du plus ancien (texte en prose) serait ignoré, et celui du plus moderne (texte en vers) serait, selon d'habiles critiques, Josephus Iscanius Devonius.

La Bibliothèque du Roi possède près de quinze manuscrits latins de Dares le Phrygien; le plus ancien, comme nous l'avons dit (n° 7906), est du neuvième siècle; les autres sont des douzième, treizième, quatorzième et quinzième siècles.

Les traductions françaises de Cornelius Nepos dûrent naturellement paraître fort tard, puisque le nom de cet historien ne sortit de l'oubli qu'à une époque presque récente. Il faut en excepter celui qui traduisit en notre idiôme, et en vers, la prétendue version latine, faite d'après l'original grec de Dares le Phrygien, par Cornelius Nepos, traduction qui peut remonter au douzième siècle, d'après un manuscrit de la Bibliothèque Ambroisienne de Milan cité par Montfaucon, et qui, par conséquent, serait à peu près de la même époque que la composition en vers latins de Joseph Iscanius. Il en est de même d'une autre version française de ce même Dares le Phrygien, faite, en prose, par Geoffroi de Wateford, au treizième siècle; enfin, de celle de Robert Frescher, écrivain oublié par les biographes, mais dont un manuscrit de la Bibliothèque du Roi donne exactement l'époque. On trouve, en effet, dans le volume, n° 291 du Supplément français, qui renferme l'ouvrage de Robert Frescher, une miniature représentant ce personnage qui fait hommage de sa traduction au roi de France Louis XII.

[1] *Histoire de la littérature romaine*, t. II, p. 400.

Ce volume porte le titre suivant :

« Le livre de Dares de Phrigie de la destruction de Troye lequel fut translaté de grec en latin par ung historiographe romain nomme Cornelius Nepos et de latin en françoys par maistre Robert Frescher bachellier formé en theologie. »

Dans le «Prologue du translateur au tres chrestien Roy Loys douziesme de ce nom» on lit :

«Apres toute obedienciale reverence et reverenciale obeyssance, je entens telle que doibt avoir ung des moindres et infimes subjectz a son tres hault et tres souverain seigneur en ceste vie humaine, estant a par moy, Sire, pensant et considerant que vostre tres illustre et tres magnanime esprit, trop plus divins que humain, a une tres singuliere affection et desir a congnoistre la vérité de toutes choses dignes de savoir, principalement de ce qui concerne a la congnoissance des anciennes histoires, et ce procede d'aultant que vous estes vray insmitateur des vertus dont estoient resplandissant les empereurs, roys et princes qui depuis le premier aage du monde jusque a vostre temps ont glorieusement regné, et aussi que vous estes desireux obvier aux vices de ceulx qui en vetupere ont fini leur vie; ces choses pressuposees, je me sui efforce translater etc.» Enfin le traducteur termine ainsi son Prologue: « Priant tres humblement vostre beguin vouloir, Sire, supporter l'imbecilité de mon rude entendement, esperant continu a mieux faire mon peu savoir. »

Après ces deux traductions, il faut arriver à la date de 1568 pour trouver une nouvelle version française de la *Vie des grands capitaines* de différentes nations; elle fut publiée à cette époque par Du Haillan. On en connaît également plusieurs autres, mais plus récentes, écrites en langues du nord et du midi de l'Europe. J. Chr. Wolff en a même indiqué une version en langue grecque, mais dont l'époque et l'auteur sont inconnus.

L'imprimerie ne négligea cependant pas, dès son origine, l'ouvrage de Cornelius Nepos; et l'édition *princeps* parut en 1471, Venise, in-4°, imprimée par Jenson, sous le nom d'Émilius Probus. Les autres éditeurs se conformèrent également aux manuscrits pour ce nom d'auteur; dans leur nombre on trouve André d'Asola, beau-père d'Alde Manuce, Longeuil et Lambin; ce ne fut qu'après eux que l'on imagina, pour relever sans doute le mérite de l'ouvrage, de lui rendre le nom de celui qui le composa véritablement, mais dont on a perdu le travail original. Malgré ses défauts et quelques erreurs, l'ouvrage d'Émilius Probus n'en est pas moins un morceau précieux.

Le manuscrit qui a servi au *fac-simile* de notre planche x porte le n° 5837; il est de format in-4°, sur peau de vélin d'une blancheur éclatante, écrit à longues lignes, et orné de lettres capitales rehaussées d'or. L'absence de formes gothiques dans les lettres de ce volume et la beauté du vélin indiquent suffisamment qu'il a été écrit en Italie; des ornemens composés de fleurs et d'oiseaux, exécutés avec une grande élégance, enrichissent le premier feuillet, en tête duquel se trouve une couronne ducale, et au dessous, en lettres rouges, le titre suivant : *Emilius Probus de illustribus ducibus exterarum gentium.* Au bas du même feuillet on remarque des armoiries; et les capitales G. M. qui accompagnent l'écu indiquent assez que ce manuscrit a appartenu à Galeas Maria Sforce, duc de Milan. Sur le feuillet qui sert de garde au manuscrit on lit : *Tabula historiar. ī superficie liber* XI, ce qui devait être l'indication de la place que ce volume occupait dans la bibliothèque de Pavie. Nous donnerons pour plus d'exactitude la table du contenu de notre manuscrit. Elle s'annonce ainsi : *Hi sunt quor. vita ab Emylio Probo descripta hoc codice continentur.* Puis viennent les noms de *Melciades, Themistocles, Aristides, Pausanias, Cimon, Lysander, Alcibiades, Thrasybulus, Conon, Dion, Iphicrates, Chabrias, Timotheus, Datames, Epaminundas, Pelopidas, Hagesilaus, Eumenes, Phocion, Timoleon, Amilchar, Annibal, Cato Maior, Pomponius Atticus* (vingt-quatre vies).

Comme dans les autres manuscrits dont nous venons de parler, on remarque dans celui-ci que sur le feuillet 91, où se termine la vie d'Annibal, on lit le mot *finis,* qui indique probablement la fin du travail d'Émilius Probus sur l'ouvrage de Cornelius Nepos contenant la *Vie des grands capitaines;* et le titre suivant, *Ex libro Historiarum latinarum Cornelii Nepotis Catonis Maioris vite brevis descriptio,* rappelle probablement que la vie de Caton et celle de Pomponius Atticus, qui suivent immédiatement, furent prises textuellement, par ce grammairien ou par d'autres critiques, d'un autre travail de Cornelius Nepos. Sur le dernier feuillet du texte (feuillet 111 *verso*), après le mot *finis,* on lit encore : *Mli* VI° *nonas maias* 1459 *Deo laus,* mots qui nous donnent le nom du lieu et la date du jour où fut terminé notre manuscrit, à Milan, le 6 des nones de mai 1459. Enfin les mots suivans, qui sont d'une autre écriture que celle du corps du volume, « de Pavye y au Roy Loys XIIᵉ,» nous rappellent l'une des parties les plus glorieuses du butin que rapporta le roi Louis XII de ses guerres d'Italie. On sait, en effet, que le premier soin de ce prince, à son entrée à Pavie, fut de se saisir de la bibliothèque des ducs de Milan, fort riche en précieux manuscrits, et dont la collection des classiques latins jouissait alors d'une grande célébrité; elle fut transportée en France dans la bibliothèque du roi Louis XII, et ce fut sans doute pour distinguer d'avec les siens, les manuscrits déjà apportés d'Italie par ses prédécesseurs, qu'il ordonna d'y faire inscrire les mots que nous venons de rapporter.

Notre planche X offrira donc un beau modèle d'écriture italienne du quinzième siècle et pourra servir de comparaison avec l'écriture française de la même époque, qui se trouvera sur la planche suivante.

Nous croyons faire plaisir aux lecteurs instruits en reproduisant ici le fragment très-peu connu, qui a été recueilli par l'illustre D. Montfaucon [1], dans le manuscrit précité de la Bibliothèque Ambroisienne de Milan : les textes français de cette époque sont si rares, et l'étude des plus anciens essais de notre idiôme national excite aujourd'hui tant d'attention et de curiosité dans le monde lettré, qu'il ne peut y avoir que de l'avantage pour tous à multiplier les fragmens français d'une date certaine.

DU PROHÈME DU TRANSLATEUR.

Salemons nos enseigne e dit
e si lit hon en son escrit
Que nus ne deit son sens celer,
Ainz se deit hon si demonstrer
Que lon i ait pren e henor
Quensi firent li anceisor.
Se cil qui troverent les partz
e les granz livres des set artz,
les philosophes les traitiez
Dont toz li monz est enseigniez
Se fussent teu veirement,
Li siecles vesquist folement
Come bestes eussons vie
Que fust saveirs ne que folie,
ne seust hon fors esgarder
ne lun del autre desseurer.

[1] *Diarium italicum*, cap. II, pag. 19. *Parisiis*, Anisson, 1702, in-4°.

PLANCHE X.

LECTURE DU MANUSCRIT.

Non dubito fore plerosq;[1]
Attice qui hoc genus scri
pturę[2] leve et non satis
dignum summorum vi
rorum personis iudicēt[3]
cum relatum legent q̄s[4]
musicam docuerit Epaminondam aut in
eius[5] virtutibus cōmemorari saltasse eum cō
mode[6] scienterq; tibijs cantasse. Sed ij erūt[7]
fere qui expertes litterarum grecarum[8] nih[9]
rectum nisi quod ipsorum moribus conve
niat putabunt. Hi si didicerint non eadē[10]
omnibus ēē[11] honesta aut turpia : sed omīa[12]
maiorum institutis iudicari : non admira
buntur nos in Graiorum virtutibus expo
nendis mores eorum secutos. Neq;[13] enim
Cymoni fuit turpe Atheniensium summo
viro sororem germanam habere in matri
monio. quippe cum cives eius eodem uterē[14]
tur instituto. At id quidem nr̄is[15] moribus
nefas habetur. Laudi in Grecia ducitur a

TRADUCTION.

Je ne doute pas, Atticus, que la plupart de mes lecteurs ne trouvent cet ouvrage frivole et peu digne des personnages dont il retrace les portraits, lorsqu'ils me verront citer le maître de musique d'Épaminondas, et faire un mérite à cet illustre Thébain de son talent comme danseur et comme musicien. Mais je ne puis craindre de pareilles critiques que de la part de gens étrangers à l'histoire de la Grèce et condamnant tout ce qui n'est pas conforme aux mœurs de leur pays. S'ils pouvaient enfin apprendre que les peuples appliquent diversement les idées d'estime ou de mépris, et que l'usage est la règle de nos jugemens en fait d'institutions, ils ne seraient pas étonnés que j'aie suivi fidèlement les mœurs des Grecs, pour composer le tableau de leurs vertus. Ce ne fut point une tache pour Cimon, l'un des plus grands hommes d'Athènes, d'avoir épousé sa sœur germaine : les coutumes de son pays lui permettaient une alliance que nos lois nous défendent. C'était un honneur en Grèce....

(Cornelius Nepos, traduction de MM. De Calonne et Pommier, *Bibliothèque Latine-Française*, publiée par C. L. F. Panckoucke.

1. Plerosq; *pour* plerosque. — 2. scripture *pour* scripturæ. — 3. iudicet *pour* judicent. — 4. qs *pour* quis. — 5. eius *pour* ejus. — 6. comode *pour* commode. — 7. erut *pour* erant. — 8. grecarum *pour* græcarum. — 9. nih. *pour* nihil. — 10. eade *pour* eadem. — 11. ee *pour* esse. — 12. omia *pour* omnia. — 13. neq; *pour* neque. — 14. uteretur *pour* uterentur. — 15. nris *pour* nostris.

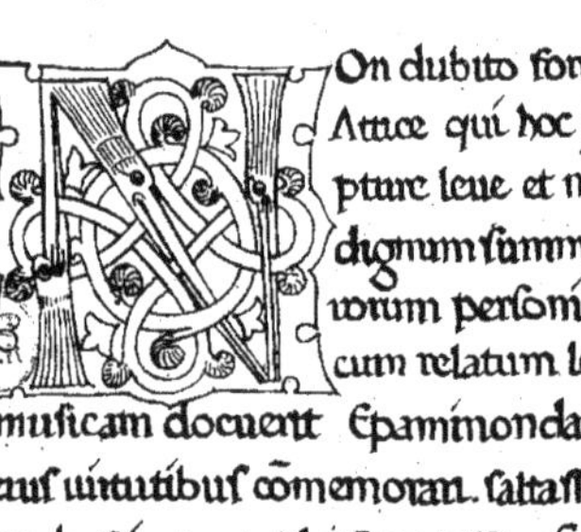

On dubito fore pleroſq; Attice qui hoc genuſ ſcri pture leue et non ſatis dignum ſummorum ui rorum perſoniſ iudicet cum relatum legent qs muſicam docuerit Epaminondam. aut in eiuſ uirtutibuſ cõmemorari. ſaltaſſe eum cõ mode ſcienterq; tibyſ cantaſſe. Sed hi erũt fere qui expertes litterarum grecarum nih̃ rectum niſi quod ipſorum moribuſ conue niat putabunt. Hi ſi didicerint non eadẽ omnibuſ eẽ honeſta aut turpia: ſed omnia maiorum inſtitutiſ iudicari: non admira buntur noſ in graiorum uirtutibuſ expo nendiſ moreſ eorum ſecutoſ. Neq: enim Cymoni fuit turpe Atheniensium ſummo uiro ſororem germanam habere in matri monio. quippe cum ciueſ euiſ eodem uterẽ tur inſtituto. At id quidem nr̃iſ moribuſ nefaſ habetur. Laudi in grecia ducitur a

XVe SIÈCLE

— Manuscrit n° 5804, Biblioth. royale de Paris. —

SUÉTONE

MANUSCRIT DU XVe SIÈCLE.

Suétone (Caïus Suetonius Tranquillus). L'on ne connaît ni la date précise de sa naissance, ni celle de sa mort; né pendant la seconde moitié du premier siècle de l'ère vulgaire, on sait qu'il mourut pendant la durée du second. Les particularités de sa vie sont également ignorées, et l'on ne tire que de vagues indications sur sa personne, du texte de ses ouvrages[1], et de ceux de Pline le Jeune, qui lui adressa quatre de ses lettres. Il paraît, selon Spartien, qu'après avoir été secrétaire de l'empereur Hadrien, Suétone perdit cet emploi pour s'être conduit avec plus de familiarité qu'il ne convenait à l'égard de l'impératrice Sabine.

Puisque l'antique littérature fut si peu empressée des circonstances de la vie privée de cet historien, il n'est pas surprenant que plusieurs de ses ouvrages aient été perdus à des époques même reculées. Suétone en composa, d'après les indications des écrivains des premiers siècles de l'ère vulgaire, un assez grand nombre. Il nous est surtout connu et recommandé par son *Histoire des douze Césars;* on a encore, sous son nom, de courtes notices sur les grammairiens, sur les rhéteurs, sur Térence, Horace, Lucain, Perse, Juvénal et Pline l'Ancien; mais, de toutes ces notices, celles qui concernent Horace et Térence sont les seules qui lui soient incontestablement attribuées. Des doutes plus ou moins fondés se sont élevés sur l'origine des autres notices.

[1] Cependant comme il dit qu'il était fort jeune encore sous Domitien, vingt ans après la mort de Néron, c'est-à-dire en l'an 88, on a lieu de croire qu'il naquit sous Vespasien entre les années 64 et 79.

L'on doit naturellement présumer, d'après le grand nombre des ouvrages de Suétone qui ne sont pas arrivés jusqu'à nous, qu'il ne fut pas toujours étudié ou connu. Durant d'assez longs intervalles de temps son nom tombe complètement dans l'oubli; et s'il ne disparaît pas entièrement, il ne conserve du moins qu'un rang bien inférieur à celui que lui assignait son *Histoire des douze Césars.*

Après Pline le Jeune, ami intime de Suétone, les écrivains qui font mention de cet historien romain sont, pendant le deuxième siècle, Aulu-Gelle; Tertullien au troisième, Ausone et Priscus pendant le quatrième, Servius, saint Jérome pendant le cinquième, et Isidore de Séville au huitième siècle. L'abbé de Ferrière, si empressé d'exhumer les ouvrages précieux de la littérature latine, n'oublia pas de recueillir aussi, au neuvième siècle, la *Vie des douze Césars;* mais il mentionne cet ouvrage comme n'étant divisé qu'en deux livres. On remarque aussi que certains manuscrits renferment cette histoire distribuée en huit livres seulement; toutefois, la division en douze livres paraîtrait la plus naturelle, quoiqu'elle passe pour appartenir aux anciens copistes de Suétone.

Parmi les beaux manuscrits du neuvième siècle qui se trouvent dans la collection royale de Paris, il faut surtout signaler un Suétone d'une exécution vraiment remarquable et d'une conservation non moins parfaite. Ce manuscrit provient du riche cabinet de Bigot, et il porte aujourd'hui le n° 6115; il est de format in-4° oblong. Il était, au treizième siècle, dans la bibliothèque de l'abbaye de Saint-Martin-de-Tours, comme l'indiquent les mots suivans, écrits au haut du premier feuillet : *Iste liber est de armario bi (beati) Martini Tur.*

Il existe aujourd'hui environ vingt-quatre manuscrits de Suétone à la Bibliothèque du Roi, et, après le volume dont nous venons de parler, on peut encore en citer deux du douzième siècle (les seuls de cette époque), numérotés 5801 et 6116; et un très-beau volume du treizième (n° 5802). Les autres sont des quatorzième et quinzième siècles.

Comme les premiers faits que Suétone nous retrace dans la *Vie de Jules César* se rapportent à une époque où le dictateur était déjà âgé de seize ans, on a supposé que le commencement de ce livre était perdu. Un admirateur passionné de Suétone, non moins intrépide que feu Bernadi à l'égard de Cicéron, Louis Vivès, a consacré ses patientes études à la restitution des premières pages de la *Vie de Jules César,* que l'on croit perdues. Souhaitons toute prospérité à une si louable entreprise, et surtout qu'elle soit protégée par la découverte de nouveaux manuscrits plus complets que ceux qui nous restent.

On ne connaît pas de traduction française de Suétone antérieure au seizième siècle. La première qui parut en France fut donnée en 1520 par Michel de Tours, in-folio; puis vint celle de Georges de la Boutière, 1556, Lyon, in-4°. A la même époque on mit Suétone en italien, en allemand et autres idiômes modernes.

L'imprimerie, avant l'année 1500, avait déjà produit dix-huit éditions du texte de Suétone, et, parmi celles-ci, les plus rares sont celles de Rome 1470, au mois d'août, in-folio; c'est l'édition *princeps*. Celle de Sweynhein et Pannartz, Rome, 1470, in-folio, est également fort rare et très-recherchée, ainsi que l'édition de Jenson, Venise, 1471, in-folio. Parmi les éditeurs modernes de cet historien l'on distingue surtout G. Ant. Campanus, Egnatius, Erasme, Isaac Casaubon, Gruter, Græviu et plusieurs autres savans non moins recommandables.

La planche XI de notre recueil est tirée du manuscrit de Suétone, n° 5804, fonds du Roi. Ce volume est de format in-folio parvo, d'une très-belle écriture du quinzième siècle, à deux colonnes. Les titres sont en encre rouge et l'on remarque surtout, en tête de chaque livre, de très-élégantes lettres capitales gothiques, en or et couleur, accompagnées d'un filet formé de fleurs, qui règne sur toute la hauteur du feuillet. Ce manuscrit contient : *C. Suetonius Tranquillus de vita et moribus duodecim Cæsarum : præmittitur scholium de viris romanis illustribus a Tullo Hostilio ad Pompeum Magnum : authore anonymo.*

Les premiers feuillets sont occupés par la table des ouvrages primitivement contenus dans le volume, et la *Vie des douze Césars* y est divisée en douze livres. Il est facile de reconnaître, par plusieurs passages de ce manuscrit, que le copiste qui a été chargé de sa transcription, savait à peine lire le grec, et encore moins l'écrire; c'est ce que porte à penser la manière dont se trouvent reproduits différens mots de cette langue, que l'on remarque sur plusieurs feuillets, notamment sur le 45e verso et le 57e verso de ce volume; il paraît avoir autrefois appartenu à l'illustre Peiresc.

Les exemples d'écritures de différentes époques, qui sont reproduits sur les planches I et II de ce recueil, peuvent donner une idée générale de la variété des formes introduites dans le tracé des signes de l'alphabet latin, jusqu'au VIIIe siècle de notre ère [1]. Notre planche III offre un exemple d'une belle écriture onciale du huitième siècle (manuscrit de Tite-Live); et la planche IV, qui est tirée d'un Horace manuscrit du neuvième, est une preuve de l'influence de la réforme et de l'amélioration apportées dans l'écriture par Charlemagne, qui, sur les doctes avis d'Alchuin, rétablit, par un capitulaire, l'usage des belles formes de l'écriture romaine, appelée, pour cela, *caroline renouvelée,* exemple parfait de cette

[1] Introduction, page XV.

renaissance dans l'écriture, qui fut contemporaine de celle des sciences et des arts durant le règne du chef illustre de la seconde race.

Dans la planche v, tirée d'un manuscrit du dixième siècle (Horace), on observe déjà un commencement de décadence dans les belles formes de l'écriture caroline; car dans ce siècle tout semble devenir fainéant comme ses rois. Cette décadence continue pendant le onzième siècle (planche vi, manuscrit de Virgile), quoiqu'elle soit moins sensible par l'exemple que nous avons donné, et qui est tiré d'un manuscrit exécuté, selon toute probabilité, en Italie.

Enfin on reconnaît encore dans notre planche vii (Quintilien), tirée d'un manuscrit du douzième siècle, une époque de transition, où l'écriture n'a pas de formes pures et bien arrêtées. Le volume qui a servi à cette planche, contient des lettres capitales qui rappellent la belle écriture romaine de Charlemagne, tandis que les lettres minuscules révèlent l'influence aiguë de la gothicité commençant à poindre. On trouvera sur la planche viii ces formes gothiques dans leurs articulations les plus accusées; et les belles capitales couvertes d'ornemens, et rehaussées des brillantes couleurs bleu et rouge, annoncent l'influence de l'Orient par les croisades. C'est le temps du beau bleu d'outre-mer, si regretté aujourd'hui. Au quatorzième siècle (planche ix, Ovide), le gothique se soustrait un peu à ce qu'il y avait de choquant dans ses contours trop articulés au siècle précédent, et cette légère modification paraît lui donner tout le gracieux que l'on admire encore aujourd'hui, et qui fait quelquefois désapprouver la bâtarde imitation des belles formes d'édifices grecs, introduite au seizième siècle dans l'architecture française. L'on doit regarder, ce nous semble, le quatorzième siècle comme celui où l'art gothique a atteint tout son perfectionnement, et où il a élevé les plus beaux monumens soit d'architecture, soit de peinture : et ce progrès rappelle naturellement la protection, l'impulsion donnée aux lettres et aux arts par l'infortuné roi Jean et par son successeur Charles V. Les manuscrits exécutés pendant ces deux règnes, sont comptés parmi les plus beaux dans la riche collection de la Bibliothèque du Roi, et ils lui ont servi de base; car l'on ne fait pas remonter au delà de Charles V la fondation de cette bibliothèque.

L'Italie s'est presque toujours soustraite à l'art gothique, et pendant qu'il était en pleine prospérité en France, son influence est à peine sensible dans les ouvrages d'art des contrées méridionales; c'est ce que constatent les planches x et xi de ce recueil (Cornelius Nepos et Suétone, quinzième siècle). On reconnaît au premier coup d'œil la belle écriture ronde italienne (planche x), tandis que les formes gothiques de l'écriture française sont encore en vigueur (planche xi).

Si l'on compare cependant les trois planches des treizième, quatorzième et quinzième siècles, il sera facile d'y reconnaître les modifications successives de l'art graphique gothique, et de voir qu'il incline plus encore, au quinzième siècle, vers les formes arrondies, jusqu'à ce que, par l'influence de l'Italie, si puissamment secondée par l'invention de l'imprimerie et le goût des artistes que nos rois appelèrent en France, l'écriture des manuscrits fût ramenée enfin aux belles formes des anciennes lettres romaines.

Mais l'imprimerie, avant d'arriver à cette belle exécution typographique qui fait rechercher avec tant de soins les volumes dont le nom de l'imprimeur est le seul mérite, passa par de longs tâtonnemens. Il y a loin, en effet, des anciennes planches en bois sur lesquelles on gravait la page entière en caractères non mobiles, comme aussi du premier livre imprimé à Paris en 1470 par Ulric Géring, aux belles éditions qui ont illustré les noms des Aldes, des Estiennes et des Didot. Les progrès des premiers temps de cette invention, progrès qui ont amené de si grandes révolutions morales, seront le sujet de la notice suivante, la dernière de notre recueil.

PLANCHE XI.

LECTURE DU MANUSCRIT.

Retulerunt ac sepius versu re
petito egerunt. maiore adeo et fa
vore et auctoritate q̄[1] gessit imprū[2]
adeptus est quamquam multa
documenta egregii principis daret
sed nequaquam tam grata q̄[1]
invisa que secus fierent.
Regebatur trium arbitrio q̄[3]
una et intra palacium habi
tantes ne uncquam non adhentes[4]
pedegoges vulgo vocabant. Hii
erant T. Vinius legatus eius in
Hispania cupiditatis immense-
Cornelius Laco ex assessore prefec
tus pretorii arrogancia socordiaq[5]
intolerabilis Alpertus Ycelus anu
lis aureis palestrico certamine or
natus jam summe equestris grad.
candidatus. Hic diverso vicio.[6]
genere grassantibus adeo se abu
tendum permisit et tradidit ut
vix sibi ipse constaret modo acer
bior parciorq̄[5] modo remissior ac
negligencior q̄[1] conveniret principi
electo acq[7] illius etatis.

TRADUCTION.

Répétèrent ce vers avec beaucoup d'action. Il jouit de plus de faveur et de considération quand il prit possession de l'empire, que pendant son administration. Cependant il y eut beaucoup de circonstances où il se montra fort bon prince; mais ce qu'il faisait de bon était loin d'être reçu avec une bienveillance égale à l'aversion que l'on manifestait pour ce qui ne l'était pas.

Il se gouvernait selon le bon plaisir de trois hommes qui demeuraient dans l'intérieur du palais, qui le suivaient partout, et que l'on appelait ses pédagogues. C'étaient T. Vinius, son lieutenant en Espagne, homme d'une étrange cupidité; Cornelius Laco, qui, de simple assesseur, était devenu préfet du prétoire, et dont l'arrogance et la sottise étaient intolérables; enfin, Alpertus Ycelus, décoré peu auparavant de l'anneau d'or aux exercices de la palestre, et qui prétendait déjà au suprême degré de l'ordre des chevaliers. Il s'abandonna tellement à ces hommes qui étaient dominés par les vices les plus divers, qu'il n'était plus lui-même, et que tantôt il était plus sévère, plus économe, tantôt plus doux, plus insouciant qu'il ne convenait à un souverain élu, et surtout à un souverain de son âge.

(Suétone, traduction de M. De Golbery, *Bibliothèque Latine-Française*, publiée par C. L. F. Panckoucke, Paris, tome II.)

1. quam. — 2. imperium. — 3. quos. — 4. adhærentes. — 5. que. — 6. viciorum. — 7. atque.

Retulerunt. Ac sepius versu re-
petito egerunt. Maiore adeo et fa-
vore et auctoritate quam gessit imperium
adeptus est. quamquam multa
documenta egregii principis daret
ses nequaquam tam grata quam
invisa que secus fierent.

Regebatur trium arbitrio quos
una et intra palatium habi-
tantes ne unquam non adherentes
pedagogos vulgo vocabant. Hii
erant. T. vinius legatus eius in
hispania cupiditatis immense.
Cornelius laco ex assessore prefec-
tus pretorii arrogancia socordiaque
intolerabilis. alpertus ycelus anu-
lis aureis palestrico certamine or-
natus iam summe equestris gradus
candidatus. His diverso viciorum
genere grassantibus adeo se abu-
tendum permisit et tradidit. ut
vix sibi ipse constaret. modo acer-
bior parciorque modo remissior ac
negligencior quam conveniret principi
electo atque illius etatis.

XVe SIÈCLE

— Impression sur bois. —

Ars moriendi ex

Varijs sententijs collecta cum Figuris ad resistendū in mortis agone diabolice suggestioni valens cuilibet Christifideli vtilis ac multum necessaria.

PRÉCIS DE L'HISTOIRE

DE

L'IMPRIMERIE.

AU milieu du quinzième siècle une révolution fondamentale s'opéra dans l'art de multiplier les copies d'un écrit. Cette révolution, comme toutes celles dont les effets doivent être durables, ne fut toutefois ni subite, ni absolument imprévue : d'antiques inventions et des pratiques récentes avaient préparé insensiblement la *découverte de l'imprimerie.*

On imprimait des livres à la Chine depuis bien long-temps alors : c'est vers le troisième siècle de l'ère chrétienne que paraît remonter l'art de l'imprimerie dans cette vaste région asiatique; depuis, elle y est restée dans les étroites limites où cet art fut laissé par son premier inventeur; car il créa, non pas l'imprimerie, mais la *xylographie.* On donne ce nom au procédé par lequel on multiplie un texte au moyen de *planches de bois* dont chacune, portant une partie de ce texte gravé en relief, et en sens inverse de l'ordre des signes, le reproduit par contre-épreuve dans le sens direct. Les livres chinois ne sont pas imprimés autrement; des villes entières ne sont peuplées que de graveurs : un calligraphe trace habilement le texte sur un papier transparent; ce papier est appliqué sur la planche; le burin enlève exactement tout ce qui est demeuré blanc sur le manuscrit, et tout ce qui est conservé en reproduit les mots et les phrases. Toutes les planches d'un livre sont ensuite placées sur une grande table et encrées; une feuille de papier sans fin les couvre toutes ensemble : l'imprimeur appuie sa main sur chacune d'elles successivement; la feuille de papier est relevée, pliée en paravent, rognée, cousue vers le dos, et voilà un livre chinois prêt à être livré aux acquéreurs. Les livres chinois coûtent vingt fois moins que les livres fabriqués en France.

Le fait le plus remarquable dans cette série d'opérations, c'est la gravure des signes en sens inverse; mais cette idée n'appartient pas aux Chinois. L'usage d'imprimer des signes par la gravure à l'envers fut connu, en effet, des peuples de l'antiquité et pratiqué par eux à des époques fort anciennes. Bien des pierres gravées, antiques, sont taillées en cachet, et devaient en servir. On taillait des lettres en relief, sur pierre, sur métal ou sur bois, pour marquer du nom du propriétaire ou du fabricant une foule d'ustensiles ou de productions des arts. Les villes grecques avaient aussi leurs sceaux privés : des monumens d'une authenticité irrécusable constatent tous ces faits. Ces usages se conservèrent par la tradition; et ce que les Chinois ajoutèrent aux pratiques des Grecs et des Romains, en appliquant ces moyens à la multiplication des écrits, fut réellement la seconde époque de l'histoire générale de l'imprimerie.

Nous indiquerons, comme en étant la troisième, les essais d'impression en caractères non mobiles, faits antérieurement à l'année 1450, et qui ne sont encore que de la xylographie. Notre planche XII en offre un exemple, tiré d'un très-beau volume qui fait partie de la collection des imprimés de la Bibliothèque royale. La même Bibliothèque conserve aussi plusieurs planches originales en bois, qui ont servi à imprimer des livres analogues à celui dont notre planche XII reproduit un modèle.

A une époque presque récente, on a tiré de nouvelles épreuves de ces planches en bois; mais elles sont aujourd'hui tellement vermoulues, que ce serait compromettre leur conservation que de tenter un essai du même genre.

Le plus ancien exemple de xylographie que l'on possède à Paris, du moins avec une date connue, se voit au département des Estampes de la Bibliothèque royale; il est du maître anonyme de 1423, qui a gravé sur bois le *Christophore,* estampe qui est accompagnée d'une légende en plusieurs lignes. Après lui on place le graveur d'une feuille de cartes à jouer, présumée être de l'année 1425, et dont les personnages portent aussi des noms ou des légendes. Toutefois la gravure des cartes, d'après quelques avis, aurait précédé celle des estampes à légende, et tout porte à croire que les noms et les désignations diverses qui accompagnaient les figures des cartes, donnèrent bientôt l'idée de faire des images de saints également accompagnées d'un texte, et qu'enfin ils conduisirent à l'usage de faire des livres dont toutes les pages étaient isolément gravées sur bois. Les deux estampes dont nous venons de parler, surtout la première, ne se recommandent ni par la perfection de la gravure, ni par l'exactitude du dessin; mais leur existence jusqu'à nos jours et leur belle conservation n'en sont pas moins un sujet de juste admiration pour les amis des arts.

Parmi les autres exemples de xylographie, dont le nombre est toutefois extrêmement restreint, on peut citer les ouvrages suivans, les quatre premiers ne contenant que des légendes, et les autres étant accompagnés d'un texte :

1°. *Historiae veteris et novi testamenti* (dite la *Bible des pauvres*);

2°. *Historia sancti Johannis Evangelistae, ejusque visiones apocalypticae;*

3°. *Historia seu providentia virginis Mariae ex cantico canticorum;*

4°. *Historia beatae Mariae virginis ex evangelistis et patribus excerpta et per figuras demonstrata;*

5°. Le livre de l'Antichrist (en allemand, avec texte);

6°. *Ars memorandi notabilis per figuras evangelistarum;*

7°. *Ars moriendi* (on compte huit ou neuf éditions différentes de cet ouvrage[1]);

8°. Sujets tirés de l'Écriture sainte;

9°. *Speculum humanae salvationis;*

10°. La chiromantie du docteur Hartlieb.

Tels furent les informes essais que produisit la xylographie jusqu'en 1450, et c'est à cette date qu'il faut rapporter l'association de Guttemberg avec Jean Fust, faite à Mayence, et qui avait pour objet de fondre et perfectionner des caractères mobiles[2].

Cette association produisit d'abord : 1° l'Alphabet pour l'usage des écoles; 2° *Alexandri Galli doctrinale et Petri Hispani tractus logicales;* 3° le vocabulaire latin intitulé *Catholicon*[3] *:* ouvrages encore imprimés en caractères non mobiles. La *Bible* de 1450 à 1455 fut véritablement le premier texte imprimé en caractères mobiles par les deux nouveaux associés.

Les dépenses énormes qu'exigea la fonte des caractères mobiles, l'imperfection des premiers moules, du métal, de l'encre et du papier entravèrent longtemps les essais de Guttemberg et de Fust.

[1] Heineken, qui a donné dans son livre intitulé, *Idée générale d'une collection d'estampes,* des *fac-simile* des gravures des ouvrages de xylographie, n'y a pas reproduit le sujet de notre planche XIIe, tiré d'une édition de l'*Ars moriendi* qui paraît lui avoir été inconnue.

[2] Les premiers essais en avaient été faits en 1435 par Guttemberg, associé à André Drizehennius ou Dryzenh, Jean Riff et André Heilmann; mais ces essais primitifs ne produisirent aucun résultat, à cause du procès qui eut lieu après la mort de Dryzenh, et qui amena la destruction de cette association. Il reste toujours que, dès cette année 1435, Guttemberg entreprit d'imprimer *avec des caractères mobiles;* la rupture de l'association l'empêcha seule de compléter la découverte et de la rendre praticable.

[3] Cet ouvrage est aussi connu sous le nom du grammairien Donat. Quelques bibliographes ont soutenu qu'il avait été, ainsi que les deux ouvrages précédens, imprimé en caractères mobiles; mais Heincken nous paraît trancher la question dans le sens contraire, puisqu'il déclare qu'il a vu à Paris deux planches en bois sur lesquelles étaient gravés les caractères, non mobiles, qui avaient servi à imprimer les pages du Donat : ce livre était déjà mieux façonné que les anciens livres d'images. (*Idée générale d'une collection complète d'estampes,* p. 257.)

Au milieu de cet embarras, un de leurs ouvriers imagina une méthode plus facile, plus sûre, de composer des caractères, et dont les résultats furent de leur donner une forme et une mesure plus régulières et mieux proportionnées.

La taille du poinçon est donc due à l'esprit ingénieux de cet ouvrier, qui fut Pierre Schœffer; et on date ce perfectionnement de l'année 1452. La reconnaissance poussa Fust et Guttemberg à s'associer Schœffer; Fust lui donna même sa fille en mariage. La première production de cette association nouvelle fut la *Bible* de 1452, dont on a contesté l'existence, quoiqu'on en connût, selon Heineken, un exemplaire en 1771, à Leipsig.

Un procès survint entre Fust et Guttemberg en 1455[1], et amena la rupture de leur société; Guttemberg fut obligé de céder dès cette époque son attirail d'imprimerie à Fust, qui resta associé avec Schœffer seulement. Fust et Schœffer publièrent en 1457 une édition du Psautier, que l'on regarde généralement comme le plus beau monument de l'imprimerie naissante. Six exemplaires de cet admirable volume existent aujourd'hui : un à la Bibliothèque impériale de Vienne, qui est le plus beau et le mieux conservé; le second à la Bibliothèque royale de Paris; le troisième à la Bibliothèque de l'école publique de Freyberg en Saxe; le quatrième au monastère de Roth, près Memmingen; le cinquième à Hanovre, et le sixième à la Bibliothèque de la cathédrale de Mayence. Les mêmes imprimeurs donnèrent quelques années après, et successivement, deux éditions du même Psautier, l'une en 1459, et l'autre en 1490; mais dans cet intervalle d'autres ouvrages avaient été mis sous presse à Mayence, soit par Fust et Schœffer, soit par Guttemberg. On attribue aux premiers : 1° *Durandi rationale divinorum officiorum,* in-folio, caractères gothiques, à deux colonnes, 1459; 2° *Catholicon* ou *Summa grammaticalis,* de Jean de Janua, 1460 (présumé sorti des presses de Guttemberg): il reste de ce gros in-folio encore six exemplaires; celui de la Bibliothèque de Grenoble, premières marges, première reliure, admirablement blanc, est le plus beau des exemplaires imprimés sur papier; 3° édition de la *Bible,* sous le titre de *Opusculum,* 1462; 4° en 1465 parurent les *Offices* de Cicéron, qui passent pour le chef-d'œuvre de Fust et Schœffer, et dont la seconde édition fut publiée en 1466. A cette même date fut aussi imprimé : *Grammatica vetus rhytmica,* sans nom de ville ni d'imprimeur. Fust paraît avoir abandonné aussi pendant cette même année son officine d'imprimeur, et avoir laissé à Schœffer seul l'exercice d'une profession qui avait illustré leur nom; l'ouvrage qui a pour titre, *Secundæ secunda B. Thomæ de Aquitano,* in-

[1] On a découvert qu'avant ce procès, c'est-à-dire en 1454, ils avaient imprimé des lettres d'indulgence, et probablement aussi des édits et mandemens de l'Électeur.

folio max., imprimé en 1467, ne porte en effet que le nom de Schœffer; il en est de même des *Épîtres* de saint Jérôme, imprimées en 1470.

En Italie, les élèves de Fust et de Schœffer, Swueynheim, Pannartz et Han, reçurent l'hospitalité dans le monastère de Sublac près de Rome, et, après y avoir fondu des caractères, imprimèrent successivement les ouvrages suivans : le *Donat,* sans date; les œuvres de Lactance, en 1465; la *Cité de Dieu,* en 1467. Les *Épîtres* de Cicéron furent imprimées à Rome la même année[1], ainsi que les *Méditations* du cardinal Turrecremata, et en 1470 les *Commentaires* sur le Psautier du même personnage. A Cologne, en 1467, parut le *de Vitâ christianâ* et le *de Singularitate clericorum,* donnés par Ulric Zel; à Venise, en 1469, Jean de Spire imprima les livres de Pline l'Ancien, les *Épîtres* de Cicéron, et, l'année suivante (1470), conjointement avec son frère Vindelin de Spire, une autre édition de la *Cité de Dieu,* en même temps que Nicolas Jenson, Français d'origine, donnait dans la même ville une autre édition des *Épîtres* de Cicéron.

Vers ces mêmes temps, ou pendant l'année suivante, presque tous les classiques latins furent immédiatement mis sous presse et répandus à grand nombre; mais, aujourd'hui, on en recherche les exemplaires avec le plus grand soin, et des sommes considérables sont offertes à ceux qui possèdent les plus rares de ces volumes. Les établissemens publics s'attachent surtout à enrichir leur collection de ces précieux monumens : celle de la Bibliothèque royale de Paris est la plus complète en éditions *princeps* des classiques latins, imprimés soit sur papier, soit sur vélin. En 1832, elle a fait l'acquisition du *Pline l'Ancien* (Rome, 1470, sur vélin), au prix de trois mille six cents francs. Le *Martial* imprimé à Ferrare, en 1471, sur papier, a été acquis dans la même année. Il ne manque à ce riche établissement que deux éditions *princeps* des classiques latins : le *Lucrèce* de 1471, et l'*Horace* sans date.

On a pu remarquer un intervalle assez long (de 1462 à 1465) pendant lequel Fust et Schœffer ne publièrent aucun livre, quoique leurs presses fussent parfaitement établies. Il paraît que cet intervalle de temps fut consacré par eux à la vente des premiers fruits de leurs pénibles labeurs.

On raconte que Fust apporta à Paris un grand nombre d'exemplaires de la *Bible,* qu'il vendit d'abord comme des manuscrits; mais, la fraude ayant été découverte, Fust fut poursuivi en justice, et obligé de se retirer à Mayence, puis à Strasbourg; de retour à Paris en 1466, il y mourut de la peste qui ravagea cette ville la même année.

La découverte de la manière d'imprimer selon Guttemberg, avait fait assez de bruit pour exciter la curiosité des souverains. On rapporte que Charles VII ou

[1] Ces mêmes imprimeurs avaient été appelés de Sublac à Rome par le cardinal Turrecremata.

Louis XI aurait envoyé Jenson à Mayence pour y étudier cette découverte ; mais Jenson n'importa pas dans sa patrie cet art nouveau, et alla même s'établir à Venise, où il donna, comme nous l'avons déjà dit, des éditions à partir de l'année 1470. Ce ne fut qu'en 1469 que Guillaume Fichet, recteur de l'Université, et Jean de La Pierre, songèrent à faire venir à Paris Ulric Géring, Martin Crantz et Michel Friburger, pour y introduire l'art d'imprimer.

Le premier ouvrage qu'ils exécutèrent fut le livre qui a pour titre : *Gasparini Pergamensis clarissimi oratoris epistolarum liber fœliciter incipit;* et l'on croit qu'il fut bientôt suivi par *Ficheti rhetoricorum libri III, in Parisiorum Sorbona,* petit in-4°; ouvrage sans date, mais qui dut paraître vers la fin de 1470 ou au commencement de 1471. Après ces volumes vinrent l'édition que l'on croit *princeps* du *Florus,* celle de *Salluste,* etc.

C'est à ce même temps qu'il faudrait aussi rapporter les émeutes de la confrérie des copistes, qui, voyant leur industrie entièrement ruinée par cette invention nouvelle, auraient menacé les trois Allemands de leur faire éprouver toutes les fureurs de gens subitement réduits à la mendicité. Mais un acte de la munificence royale protégea les inventeurs, et des lettres de naturalité leur furent accordées par Louis XI en 1474. Les libraires qui suivirent l'exemple des trois Allemands, furent Guillaume Maynyal, Berthold Rembolt, un moment associés à Géring; Pierre Césaris, Jean Stoll, Pasquier Bonhomme, et Antoine Vérard, à qui l'on doit les premières éditions des Chroniques et des Romans de chevalerie, si recherchées aujourd'hui, et achetées à si haut prix, comme pour rendre une nouvelle sorte d'hommage à l'industrie courageuse et résolue de ces hommes qui eurent à lutter contre tant d'obstacles à la fois, et qui réussirent, par leur persévérance, à introduire dans les principales villes de l'Europe un art qui devait bientôt se propager dans toutes les contrées du monde, et devenir l'agent universel de la pensée et de la civilisation.

Tel fut le résultat de l'invention de l'imprimerie en *caractères mobiles,* complet perfectionnement de l'art de multiplier à l'infini l'écriture par l'impression. La science reconnaissante a voté à Guttemberg le monument qui vient d'être inauguré en son honneur dans la ville de Mayence, sa patrie : ce monument consacre des sentimens de reconnaissance qui ne peuvent pas périr.

FIN.

TABLE DES MATIÈRES.

Paris. — Imprimerie de C. L. F. PANCKOUCKE, rue des Poitevins, n° 14.

www.ingramcontent.com/pod-product-compliance
Ingram Content Group UK Ltd.
Pitfield, Milton Keynes, MK11 3LW, UK
UKHW012040240726
13965UKWH00003B/926